PORTÉE DISPARUE

DANS LA MÊME SÉRIE

Portée disparue
Le Phénix
Le Dragon rouge
Mort blanche
Le Prédateur
Impact

CAROLINE TERRÉE

PORTÉE DISPARUE

MILAN

J'appuie sur la touche PLAY et les premières notes de musique commencent à s'enchaîner.

Limpides. Tristes. Comme jouées par les doigts d'un extraterrestre capable de transmettre les sentiments les plus profonds avec de simples sons. Étirés. Syncopés. Se succédant les uns aux autres pour former une texture à la limite de la dissonance humaine.

Un univers étrange, mystérieux, qui me fait oublier en quelques secondes l'endroit dans lequel je me trouve. La texture des rochers sur lesquels je suis assise en tailleur. La masse sombre de l'océan qui s'étend à mes pieds. La forêt frémissante de bruits nocturnes derrière moi.

Je ferme les yeux pour profiter au mieux de cette mélodie muette et je sens soudain des larmes se mettre à couler le long de mon visage quand la voix de Thom Yorke s'ajoute enfin à l'enchaînement complexe de notes. Aussi intime qu'un murmure au creux de l'oreille.

Je repense à Mark... À tout ce que l'on vient de se dire... Et je monte le son au maximum pour essayer de tout oublier. En plaquant les écouteurs contre mes oreilles. Le plus fort possible. Déterminée à me perdre pour de bon dans ce monde parallèle dont je connais par cœur les moindres recoins.

Je me concentre sur chaque note, sur chaque intonation, sur chaque petit son à peine audible en arrière-plan…

Et c'est là que je sens soudain sa présence.

Juste derrière moi.

Son corps si près du mien que je peux sentir la chaleur de son souffle glisser sur ma nuque.

Et avant que j'aie le temps de faire quoi que ce soit, mon univers tout entier bascule dans les ténèbres.

1.

STANLEY PARK
SEAWALL
07:06

Je m'arrête pour reprendre mon souffle, le T-shirt collant de transpiration sous le coupe-vent que je porte toujours pour faire du jogging tôt le matin. Je pose les mains à plat juste au-dessus des genoux et je me penche légèrement vers l'avant ; les poumons brûlants, les veines du cou gonflées par les battements rapides de mon cœur. Puis je ferme les yeux et je me concentre à fond sur ma respiration...

Sans problème, je peux immédiatement visualiser les valves de mon cœur qui s'ouvrent et se referment comme les ouïes d'un poisson hors de l'eau... Mes poumons qui luttent pour essayer de trouver à chaque inspiration un peu plus d'espace... Les gouttes de transpiration qui se forment au-dessus de mes sourcils et qui coulent le long de mon visage... Lentement... En me faisant frissonner dans l'air glacé du matin.

Et soudain, je ressens cette euphorie profonde qu'on a quand on se sent vraiment vivant, quand plus rien d'autre n'a d'importance que le moment présent, quand le simple fait d'avaler une bouffée d'air qui fait mal aux côtes peut devenir la chose la plus merveilleuse au monde. Et quand j'ouvre de nouveau les yeux, la beauté du décor qui m'entoure me prend littéralement à la gorge.

Cela fait plus de six ans que je vis à Vancouver et que je fais du jogging tous les samedis matins autour de Stanley Park – et pas une seule fois ce moment-là n'a manqué de m'emplir d'une sensation de bonheur profond, diffus... Une sensation physique basée sur une impression irrationnelle de ne faire plus qu'un avec son environnement, de pouvoir soudain apprécier le moindre détail avec une intensité quasi spirituelle.

Je me redresse pour obliger l'oxygène à circuler plus librement à travers mon corps et je reste immobile un long moment, à observer le paysage changer imperceptiblement sous mes yeux...

Je commence par suivre du regard les petits nuages d'humidité que la forêt relâche... Glissant le long des cimes avant de disparaître comme par magie dans le bleu du ciel. Comme de mystérieux signaux de fumée indiens... Comme si la forêt avait du mal à se réveiller et qu'elle s'étirait lentement... En bâillant...

Puis je passe à la baie de Vancouver qui s'étend devant moi sur des kilomètres et des kilomètres... Huileuse. Tellement lisse qu'on aimerait pouvoir la caresser du bout des doigts...

Et alors que je m'apprête à reprendre mon jogging, mon téléphone se met soudain à vibrer dans la poche intérieure de ma veste.

Immédiatement, je change de mode et je ne suis plus concentrée que sur une seule chose : la conversation qui va suivre.

Je sors le portable et je l'ouvre d'un geste vif.

– Agent Kovacs.

– Kate ? C'est Keefe. On a un code bleu. Une jeune femme portée disparue. Sa voiture a passé la nuit sur le parking du Lighthouse Park. Tu peux nous y retrouver ? T'es où ?

Je regarde instinctivement ma montre – 07:11 – avant de répondre à sa question.

– Stanley Park.

À l'autre bout du fil, j'entends Keefe lâcher un petit soupir de frustration et faire une pause. Il sait exactement ce que je suis en train de faire, et à quel point j'ai besoin de ce moment de tranquillité pour pouvoir fonctionner pendant le reste de la semaine.

– Désolé, t'étais en plein jogging… Rejoins-nous dès que tu peux, il n'y a pas urgence. On peut commencer sans toi.

Je souris en entendant son ton protecteur. Quelque chose d'à la fois touchant et de complètement inutile.

– Non, c'est bon… Je peux y être d'ici une demi-heure, trois quarts d'heure… Il faut juste que je passe

11

à la maison pour me changer… Tu peux t'assurer que personne ne touche rien en attendant ?

– Pas de problème. J'ai déjà demandé aux flics locaux d'établir un périmètre de sécurité autour du véhicule et de garder avec eux le seul témoin qu'on a pour l'instant.

– Qui est ?

– L'un des rangers qui patrouillent la forêt. C'est lui qui a donné l'alerte ce matin.

– Il est toujours sur place ?

– Oui.

– OK. J'arrive dès que je peux.

– À plus, boss.

En moins de dix minutes, j'arrive à la voiture – une Volvo S60 gris métallisé garée tout en bas de Davie Street – et sans perdre une seconde, j'enlève le coupe-vent que je pose en boule dans le coffre. Puis j'enfile une veste polaire sur mon T-shirt trempé de transpiration en grimaçant au contact désagréable du vêtement mouillé sur ma peau, et je m'assois sur le siège du conducteur.

Aussi prête que possible à affronter les heures qui m'attendent.

2.

MAISON DE KATE KOVACS
3042 MARINE DRIVE
07:42

Sur le papier, je travaille pour le FBI. Agent Kovacs (prononcer Kovatch), 35 ans, spécialisée en criminologie et victimologie – ou comme les Anglo-Saxons l'appellent, le *profiling*, une technique d'analyse de données scientifiques et humaines qui permet de mieux cerner la personnalité de personnes impliquées dans des affaires criminelles.

Sur le terrain, je dirige depuis six ans le CSU (Crime Support Unit), une unité d'élite basée à Vancouver, rattachée au Bureau, dont le but est d'épauler les forces de police locales dans leurs enquêtes les plus difficiles. Une unité qui comprend trois détectives du VPD[1] que j'ai moi-même recrutés :

Nick Ballard, 39 ans, un officier au physique d'athlète qui a fait partie pendant près de dix ans d'un groupe d'intervention rapide de la GRC[1].

1. Vancouver Police Department.
2. Gendarmerie Royale du Canada.

13

Connie Chang, 32 ans, originaire de Hong-Kong. Première de sa promo en médecine légale. Une experte dans la collecte et l'analyse d'indices matériels.

Keefe Green, 28 ans, petit génie en informatique. Capable de travailler 24 heures d'affilée sur le terrain ou derrière un écran d'ordinateur.

Ensemble, nous travaillons en étroite collaboration avec les officiers du VPD (Vancouver Police Department) qui couvrent la ville et ses environs – et grâce à un accord entre le FBI et les forces de police locales, nous pouvons être déployés à tout moment sur le terrain et gérer différents types d'enquêtes de façon autonome. Un accord qui nous permet d'opérer dans des conditions optimums, mais qui me rend aussi, de par sa nature même, officiellement responsable des résultats de mon équipe. Quelque chose qui ne fait qu'augmenter la tension que je ressens toujours au début d'une nouvelle enquête.

Comme en ce moment précis.

Je sors de la douche et je commence à me sécher les cheveux d'une main tout en me brossant les dents de l'autre. Une habitude aussi ancrée dans mon quotidien que celle de cuisiner en parlant au téléphone ou de travailler en écoutant de la musique. Une habitude qui faisait mourir de rire Aidan. Surtout quand j'étais crevée et que les choses avaient tendance à fâcheusement déraper…

Je me regarde dans la glace, incrédule, en me maudissant intérieurement d'avoir osé penser à lui dans un moment pareil. Puis j'enfile un jean et un T-shirt gris en essayant désespérément de chasser l'image de son visage souriant de mon esprit.

Sans succès.

Furax d'avoir laissé mes réactions physiques prendre le dessus aussi facilement, j'attrape le reste de mes affaires et je sors de la salle de bains étouffante de vapeur pour passer dans le salon. Une pièce neutre, spacieuse, dans laquelle il n'y a pas la moindre trace de notre vie commune. Et, immédiatement, je sens mon corps se détendre au contact des différents éléments qui m'entourent.

La texture du plancher qui crisse sous mes pieds nus… Les reproductions de Mirò qui se découpent sur les murs blancs… Les feuilles du yucca qui s'élancent presque à la verticale vers le plafond…

Toujours contrariée, je m'assois sur le rebord du sofa et j'enfile une paire de chaussures noires à crampons en regardant le décor qui s'étend derrière la baie vitrée : terrasse en bois entourée de sapins au premier plan, Marine Drive juste en dessous (la longue route qui serpente le long du front de mer de West Vancouver) avec, en toile de fond, les eaux du Pacifique qui s'étendent jusqu'à l'horizon.

Un paysage qui dégage une sensation de calme absolu, de jour comme de nuit, et devant lequel j'ai passé des centaines d'heures, assise. Absorbant sa tranquillité comme on déguste une tasse de café brûlant. Rassurée par son existence même. Par l'idée que certaines choses sont immuables, indestructibles. Comme la silhouette des montagnes du North Shore qui n'ont pas bougé depuis l'ère glaciaire.

J'attache mes lacets et je me dirige vers la pièce du fond qui me sert de bureau en imaginant déjà la scène qui m'attend sur le parking du Lighthouse Park. Une forêt à moins de dix minutes d'ici qui faisait jusqu'à ce matin partie de mon univers « privé ». Un endroit qui est probablement maintenant grouillant de voitures de police et de questions sans réponses.

Je sors le Beretta 9 mm de son coffre et je le glisse dans mon holster. Puis je vérifie rapidement le contenu du sac de sport posé à mes pieds – gilet pare-balles, menottes, coupe-vent, talkie-walkie, torche électrique, tenue de rechange, dictaphone, appareil photo numérique – et alors que je le passe sur l'épaule, je commets ma deuxième erreur en moins de cinq minutes.

Je me retourne.

Et le mur de gauche me renvoie froidement les images qui peuplent mes cauchemars depuis des années. Des images que j'ai moi-même dessinées à la main et épinglées méthodiquement au milieu de pages de texte et de photos du FBI classées Top Secret.

Un mur auquel je ne fais d'habitude même plus attention mais qui, ce matin, m'aide de la façon la plus sordide à me reconcentrer sur une seule et unique chose : l'enquête qui m'attend.

Retrouver à tout prix la jeune fille portée disparue.

Pour que son visage ne finisse jamais sur un mur similaire.

3.

LIGHTHOUSE PARK
BEACON LANE
08:01

Quand j'arrive au Lighthouse Park, la voie d'accès au parking est clairement interdite au public, gardée par un officier du VPD qui se tient debout devant un long ruban jaune : POLICE LINE DO NOT CROSS.

J'arrête la Volvo juste à côté de lui et je lui montre mon badge à travers la vitre baissée.

– Agent Kovacs, CSU.

Il m'indique du bras le meilleur endroit où garer mon véhicule.

– Vos collègues sont en bas à gauche du parking… Vous voyez l'arbre qui divise le chemin en deux ?

– Oui.

– Prenez sur la gauche et continuez sur plusieurs mètres. La voiture de la victime est sur la droite. Vous ne pouvez pas vous tromper. Le périmètre de sécurité est bien délimité.

Je remercie l'officier et j'attends qu'il soulève le ruban jaune pour m'avancer lentement vers la zone qu'il vient de m'indiquer.

Comme prévu, la moitié droite du parking a été isolée du reste grâce à un long ruban jaune tendu entre plusieurs arbres avec, garée en plein milieu de ce rectangle de graviers désert, la Honda Civic rouge de la victime. Posée là, comme un jouet dont personne ne veut plus…

Sur ma gauche, je repère sans problème les membres de mon équipe, regroupés autour des deux jeeps noires du CSU, et je m'arrête à côté d'eux en faisant un bref état visuel des troupes avant de couper le moteur.

Nick a l'air mal réveillé. Keefe donne l'impression d'être une pile électrique sur le point d'exploser. Et Connie a déjà sur le visage son masque impassible de travail. Prête à passer à l'action.

Je sors de la voiture en échangeant des bonjours à la ronde et j'enfile le coupe-vent qu'ils portent déjà tous les trois – bleu foncé avec les initiales CSU imprimées en grosses lettres jaunes sur le dos –, avant de leur faire signe de me rejoindre autour du capot d'une des deux jeeps.

Derrière nous, je sens le regard des officiers du VPD suivre nos moindres gestes et je remarque aussi un énorme 4 x 4 des Vancouver Parks & Forests garé tout en haut du parking. Avec à son bord, la silhouette d'un homme que je devine être celui qui a découvert la voiture.

Je range ce détail pour plus tard dans un coin de mon cerveau et je lance notre premier meeting de l'enquête.

– OK. Qu'est-ce qu'on a ?

Comme d'habitude, c'est Keefe qui commence.

– Vers 01:00 ce matin, l'un des rangers qui patrouillent les forêts de West Vancouver découvre une Honda Civic rouge encore garée sur le parking du Lighthouse Park, plusieurs heures après la fermeture officielle de la forêt aux visiteurs. Le véhicule a un pneu dégonflé, arrière gauche, et le ranger sait à qui il appartient : une jeune femme qui fait régulièrement du jogging dans la forêt et à qui il dit avoir parlé brièvement vers 19:00, alors qu'elle s'apprêtait à faire, toujours selon lui, un « petit tour ». Inquiet, il donne l'alerte et les officiers du commissariat de West Vancouver établissent facilement l'identité de la conductrice grâce au numéro d'immatriculation de son véhicule. Son nom est Rachel Cross, 24 ans, étudiante en anthropologie à l'université de British Columbia.

Il ouvre un dossier et sort la photo d'une jeune femme qu'il pose sur le capot de la jeep.

Yeux bleus. Longs cheveux blonds.

Un visage parfaitement proportionné qui n'aurait pas du tout choqué sur la couverture d'un magazine de mode.

Puis il reprend son exposé.

– Vers 01:30, les officiers du commissariat de West Vancouver essaient de joindre Rachel Cross chez elle et tombent sur sa colocataire, Ally Watters, qui leur répond, paniquée, qu'elle n'a aucune idée de l'endroit où son amie peut se trouver. Ils appellent aussi l'appartement de son petit ami, Mark Bauer, mais personne ne décroche. Immédiatement, ils envoient deux patrouilles de recherche dans la forêt, qui se mettent à fouiller l'endroit de long en large. Sans trouver la moindre trace de Rachel. Même si la forêt fait près d'un kilomètre carré, ils sont persuadés que si Rachel avait été juste perdue ou blessée, ils l'auraient déjà retrouvée. Pour eux, elle n'est pas dans la forêt. Ils vont continuer leurs recherches pendant la journée, mais ils sont convaincus à 99 % qu'ils ne la retrouveront pas. En tout cas, pas vivante… En attendant, nous avons un deuxième problème…

Keefe s'arrête et fait une petite grimace comme pour me prévenir que je ne vais pas du tout aimer ce qu'il est sur le point de dire.

– Rachel Cross est la fille unique de George Cross, sénateur républicain américain multimillionnaire qui vit à Washington DC, et qui se trouve aussi être le directeur d'une des plus grosses compagnies pétrolières du monde…

Immédiatement, la disparition de Rachel prend une toute nouvelle dimension.

– Il a reçu une demande de rançon ?

– Non. En tout cas, pas pour l'instant. Le VPD vient juste de le prévenir de la disparition de sa fille. Il devrait prendre l'avion avec sa femme dès que possible, et arriver ici en fin d'après-midi… Inutile de préciser que la presse va se jeter sur l'affaire dès qu'elle en aura vent…

Je réfléchis pour établir la meilleure marche à suivre.

– Le ranger est toujours ici ?

– Oui. Son nom est Brad Stokes. Il nous attend dans son 4 x 4.

– Et personne n'a touché à la voiture de Rachel depuis qu'elle a été retrouvée ?

– Non.

– OK…

Je commence à répartir les tâches.

– Nick, fais le tour du quartier et essaie de voir s'il y a des indices à l'extérieur du périmètre de sécurité. La voiture a un pneu dégonflé, peut-être que Rachel a décidé de remonter à pied jusqu'à Marine Drive et de prendre le bus pour rentrer chez elle. Il y a un arrêt juste à la sortie du parking. Essaie aussi d'interroger les gens qui habitent le long de la route d'accès au Park. Enfin, si tu peux, contacte le conducteur qui assurait la ligne du 250 hier soir. Avec un peu de chance, il se souvient avoir vu Rachel monter à bord de son bus – ou de tout autre véhicule pendant son service.

– OK.

– Keefe, j'ai besoin d'avoir le maximum d'informations sur l'entourage de Rachel : sa colocataire, son petit ami, ses parents… J'ai aussi besoin de savoir si elle avait la moindre raison de vouloir organiser sa propre disparition – ou de se suicider.

– Pas de problème. Je m'y mets de suite.

– Connie, donne-moi deux ou trois minutes avant de commencer à étudier la Honda. J'aimerais juste y jeter un coup d'œil avant d'aller interroger le ranger. Des questions ?

Ils me répondent « non » tous les trois en chœur et je m'avance en silence vers la voiture de Rachel Cross. Le seul lien physique qui nous rattache pour l'instant à elle.

Vue de loin, la voiture a l'aspect un peu terne d'un véhicule dont la fonction est manifestement plus importante pour son propriétaire que son aspect extérieur. Pas de rouille ou de tôle cabossée. Juste une carrosserie qui donne l'impression de ne jamais avoir été lavée par autre chose que par les averses de pluie qui forment l'une des constantes du climat de la côte ouest du Canada.

J'arrive au niveau du ruban jaune de police et je remarque immédiatement que la Honda est garée devant l'un des nombreux sentiers qui sillonnent la forêt. En l'occurrence, le Juniper Loop, un sentier interdit aux vélos qui s'enfonce tout droit dans l'épaisse végétation.

Sombre.

Étroit.

Pas exactement le meilleur endroit pour faire du jogging à la nuit tombée…

Je m'approche de la Honda et je commence par étudier le pare-brise arrière, sur lequel deux gros autocollants ont été posés : un surfeur des neiges en plein saut vantant les mérites de la station de ski de Whistler, et un drapeau tibétain sur lequel FREE TIBET est écrit en grosses lettres rouges. Un message politique simple. Sobre. Qui décrit plutôt mal la nature de l'occupation dont ce pays est victime depuis des décennies.

Au passage, je note mentalement qu'il est peu probable que le père de Rachel adhère aux mêmes causes que sa fille, et que ce n'est peut-être pas pour rien qu'elle habite dans un autre pays, à des milliers de kilomètres de sa famille…

Je ne vois rien sur la plage ou sur le siège arrière, et je décide de m'accroupir pour examiner le pneu que Keefe a mentionné.

Définitivement dégonflé, et non pas crevé.

Un détail qui fera à coup sûr partie des éléments essentiels de notre enquête.

Rachel ne s'est pas tout simplement retrouvée coincée sur ce parking à cause d'une vulgaire crevaison.

Quelqu'un a délibérément mis sa voiture hors d'état et c'est à coup sûr le premier élément que Connie va examiner – même si je sais déjà qu'il y a peu de chances que l'on retrouve la moindre empreinte à l'extérieur du véhicule vu la quantité de pluie qui est tombée hier soir...

Incapable de faire quoi que ce soit d'autre à ce niveau sans gants et sans équipement, je me relève et j'essaie de terminer au plus vite mon bref état des lieux.

Je me plante devant la vitre du conducteur et je regarde attentivement le tableau de bord et le siège avant du véhicule.

Mais je ne vois rien.

Pas d'emballages vides... Pas de papiers froissés... Pas de bloc notes posés en vrac...

Rien.

Ce qui ne peut indiquer que deux choses.

Soit Rachel est quelqu'un d'incroyablement organisé et méticuleux qui ne supporte pas le désordre – et ce, même dans une voiture dont l'apparence extérieure laisse plutôt à désirer. Soit le contenu de sa voiture a été vidé pour limiter le nombre d'indices que nous pourrions y trouver – ce qui renforcerait la thèse de l'enlèvement ou de la disparition volontaire au détriment de celle de l'accident...

Sans plus attendre, je laisse la place à Connie, et je me dirige vers le 4 x 4 du ranger en organisant mentalement les premiers indices que je viens de rassembler sur Rachel Cross.

4.

Je suis encore à plusieurs mètres du 4 x 4 quand je vois soudain la portière du conducteur s'ouvrir et le ranger apparaître dans mon champ de vision.

Baraqué. La quarantaine. Une chemise à carreaux de bûcheron rentrée dans le pantalon, de grosses chaussures de randonnée aux pieds, et pour compléter le tableau, un ceinturon avec une boucle en forme de crâne de bison qu'il doit astiquer tous les matins avant de sortir.

Un look parfait de cow-boy des années 1950 qui fait presque regretter qu'il ait une casquette sur la tête, et non pas l'un de ces grands chapeaux de western en cuir.

Je le regarde sauter du véhicule à pieds joints, sans toucher la marche en métal qui sert généralement à monter et descendre d'un monstre pareil, et se planter devant moi.

Bien droit.

Les jambes écartées.

Les pouces glissés dans les passants de la ceinture.

Et lentement, je sens son regard commencer à me dévisager des pieds à la tête…

Avec mon mètre soixante-quinze, mes cheveux bruns coupés plutôt court et mes yeux bleu-gris, c'est une réaction dont j'ai malheureusement l'habitude. Encore plus quand je dois porter, comme aujourd'hui, une veste de service du CSU et un Beretta 9 mm sur la hanche…

Deux choses qui passent difficilement inaperçues.

J'essaie de continuer à garder le contact visuel avec le ranger, même s'il y a quelque chose de sale dans son regard, quelque chose qui me donne envie de baisser les yeux.

À ce stade de l'enquête, je dois imposer mon autorité sur tous les gens qui m'entourent. Coûte que coûte. Sans compter que je n'ai pas du tout l'intention de me laisser impressionner par un macho de deuxième zone.

Je m'arrête donc à environ un mètre de lui et je lui tends la main, en me présentant d'un ton le plus assuré possible.

– Agent Kovacs, CSU. C'est moi qui dirige l'enquête sur la disparition de Rachel Cross, la jeune fille à qui appartient la voiture que vous avez retrouvée abandonnée.

Il me serre la main et se présente à son tour.

– Brad Stokes. Ranger des Vancouver Parks & Forests. C'est moi qui ai donné l'alerte ce matin après avoir découvert le véhicule encore garé sur le parking.

J'essaie d'ignorer son regard qui continue à glisser nonchalamment sur mon corps et je me concentre sur la meilleure tactique à adopter.

Brad Stokes est visiblement un homme qui se croit irrésistible et bien plus important qu'il ne l'est sur le papier. Quelque chose que j'ai bien l'intention d'utiliser pour le faire parler.

– Vous pouvez me raconter exactement ce que vous avez vu et fait hier soir ?

– Bien sûr…

Il me regarde avec un grand sourire, apparemment ravi d'être le témoin principal dans une affaire de disparition.

– Je faisais ma tournée du Lighthouse Park vers 19:00, comme d'habitude, quand j'ai remarqué Rachel qui sortait de sa voiture. Juste là-bas… Là où son véhicule est encore garé.

– Vous la connaissez ?

– Oui et non. C'était une habituée, elle faisait du jogging tous les vendredis soirs. Elle me disait bonjour, je lui disais bonjour. Rien de plus. Vous savez, c'était difficile de la rater, elle était plutôt mignonne.

Je remarque qu'il vient de parler de Rachel à l'imparfait.

– Vous lui avez parlé hier soir ?

– Oui. Je remontais le parking avec ma jeep quand j'ai remarqué qu'elle était au téléphone et qu'elle avait l'air de pleurer… Alors, je me suis arrêté pour voir si elle avait besoin d'aide.

– Vous avez entendu de quoi elle parlait ?

– Non. Ma vitre était fermée. Elle m'a vu et elle a raccroché après quelques secondes. Là, j'ai baissé ma vitre pour voir si tout allait bien et elle m'a dit que tout était OK, qu'elle avait juste besoin d'être seule. Je lui ai rappelé que le Park allait fermer dans moins d'une heure et qu'il allait bientôt faire nuit. Et elle m'a répondu qu'elle ne serait pas longue. Qu'elle n'en aurait que pour une demi-heure au plus.

– Vous vous souvenez de ce qu'elle portait ?

– Oui. Un pantalon de survêtement gris clair et un sweat-shirt de l'UBC bleu foncé. Ses cheveux étaient attachés en queue de cheval et elle tenait un Walkman CD à la main. Vous savez, elle avait un de ces Walkman antichoc qu'on peut transporter partout en les attachant autour de la main avec une sangle en Velcro… Pour le reste, je ne suis pas complètement sûr, mais je pense qu'elle avait des chaussures de sport Nike aux pieds, le genre de chaussures avec de gros crampons qui permettent de faire du jogging sur tous les terrains, même les plus accidentés.

– Vous avez remarqué si sa voiture avait un pneu dégonflé à ce moment-là ?

– Oui. Enfin, non… Je veux dire que je n'ai rien remarqué.

– Vous êtes sûr ?

– Oui.

– Et après ?

– Et après, rien. Je lui ai dit de faire attention et de ne pas s'attarder, et j'ai continué mon chemin.

– Vous avez vu dans quelle direction elle est allée ?

– Non.

– Vous étiez inquiet à son sujet, vous avez remarqué des détails très précis sur la façon dont elle était habillée, mais vous n'avez pas fait attention à la direction qu'elle a prise ?

– Non. Je suis ranger, pas espion de la CIA.

Je résiste à l'envie de lui dire ce que je pense vraiment de son dernier commentaire et à la place, je le traite comme le suspect potentiel qu'il est.

– Vous pouvez me donner votre emploi du temps d'hier soir ? En détail ?

– Oui. Bien sûr… J'ai fini ma tournée du Lighthouse Park vers 20:15-20:20. Après ça, je suis passé à Cypress Falls, l'autre forêt dont je suis responsable, et je suis rentré chez moi vers 23:00. J'ai regardé la télé jusqu'à environ 01:00, puis je suis ressorti pour vérifier une dernière fois les deux parkings avant d'aller me coucher. Cela fait partie de nos tâches obligatoires du week-end. Faire une dernière tournée après minuit pour bien s'assurer qu'il ne reste personne de bloqué dans les forêts de la région, à cause du nombre de visiteurs beaucoup plus élevé en fin de semaine. Et c'est là que j'ai découvert la Honda toujours garée sur le parking, et que j'ai donné l'alerte.

– Vous étiez donc chez vous de 23:00 à 01:00 ?

– Oui.

– Sans bouger ?

– C'est exact.

Je fais le point dans ma tête avant de continuer.

– Monsieur Stokes… Voilà ce qu'on va faire… J'aimerais que vous restiez chez vous aujourd'hui, sans sortir, pour qu'on puisse vous contacter à tout moment si besoin est. À ce stade de l'enquête, vous êtes la dernière personne à avoir vu Rachel Cross avant qu'elle ne soit portée disparue, et nous avons besoin de nous assurer que vous n'êtes en rien impliqué dans cette affaire. J'espère que vous comprenez…

– Vous pensez que j'ai quelque chose à voir avec sa disparition ?

Il a l'air outré et j'ai du mal à savoir s'il est sincèrement inquiet ou si cela fait partie de son numéro de témoin au-dessus de tout soupçon.

– Non. Pas pour l'instant. Par contre s'il y a quelque chose que vous ne nous avez pas encore dit, je vous conseille de le faire immédiatement.

Je le vois hésiter en se tortillant sur place.

– Heu… Eh bien… C'est-à-dire… Il y a effectivement quelque chose que j'ai remarqué… Juste avant de donner l'alerte… Mais je ne suis pas sûr si je dois ou non le mentionner…

– Monsieur Stokes. Inutile de vous rappeler qu'à ce stade de l'enquête, chaque détail est absolument vital, aussi insignifiant puisse-t-il vous paraître… Si vous avez vu ou entendu quelque chose, vous devez nous le dire.

Il baisse les yeux et fait glisser la semelle de ses chaussures sur les graviers du parking en les faisant crisser. Comme on écrase de gros grains de poivre avec les lames d'un moulin.

Puis il brise brusquement son silence et lâche d'une seule traite :

– J'ai vu Rambo sortir du Juniper Loop.

– Rambo ?

– Je veux dire le GI… L'ancien soldat qui marche parfois dans la forêt la nuit. Je sais bien qu'il est complètement inoffensif, mais hier soir, il n'avait pas l'air dans son état normal. Il avait l'air d'avoir peur. Comme s'il était poursuivi. Ou qu'il avait vu, ou fait, quelque chose de terrifiant. Mais vous savez, cela ne veut probablement rien dire… Il n'a plus exactement toute sa tête, si vous voyez ce que je veux dire…

– Qu'est-ce que vous savez exactement sur lui ?

– Pas grand-chose… C'est un vétéran d'une quarantaine d'années. Je crois qu'il a servi dans une unité d'élite des marines ou qu'il était Navy Seal. Quelque chose comme ça… Mais maintenant, c'est plus un paumé qu'autre chose… Il passe l'essentiel de son temps dans la forêt du Nelson Canyon, à une vingtaine de kilomètres d'ici, dans un refuge au milieu de nulle part… Personnellement, je pense que c'est à cause de l'entraînement qu'il a reçu. Il doit avoir besoin de vivre caché, camouflé. Et je vais vous dire un truc : quand il est tapi dans la forêt, il est complètement invisible. Il peut être à quelques mètres à peine de vous, sans que vous en ayez la moindre idée. C'est un véritable caméléon.

– Vous connaissez son vrai nom ?

Il ferme les yeux et se pince l'arête du nez entre le pouce et l'index, comme pour mieux se concentrer.

– Oui… C'est le même nom de famille que ce fou qui envoyait des bombes à travers les États-Unis par la poste… Vous savez, celui que le FBI a mis des années à arrêter…

– L'Unabomber ? Théodore Kazynski ?

– Oui, c'est ça. Kazynski. Son vrai nom est Fred Kazynski.

Je fais vite le bilan. Le ranger est à la fois un témoin important et un suspect potentiel que je dois traiter de la sorte.

– Monsieur Stokes, avez-vous la moindre objection à ce que mon équipe fasse des prélèvements sur votre véhicule et sur les vêtements que vous portez en ce moment ?

– Non. Bien sûr que non. Je n'ai absolument rien à cacher. Vous pouvez même faire un test d'ADN si vous le souhaitez.

Je le regarde droit dans les yeux pour essayer de lire ce qui a bien pu le pousser à faire une déclaration pareille. Parce que d'expérience, cela peut vouloir dire deux choses bien différentes. Soit Brad Stokes est effectivement sincère et finira sur la longue liste de gens qui se sont trouvés au mauvais endroit au mauvais moment dans le cadre d'une enquête policière. Soit il appartient à ce minuscule groupe d'êtres humains qui sont capables des pires crimes, et qui aiment ensuite s'en servir pour narguer les forces de police.

Et dans les deux cas, cela voudrait dire que l'on ne retrouvera probablement aucune preuve matérielle le rattachant de près ou de loin à Rachel Cross.

Je jette un dernier coup d'œil à son 4 x 4, sans pouvoir m'empêcher de penser que c'est le genre de véhicule idéal pour transporter un corps humain et l'abandonner n'importe où – y compris dans un endroit isolé en pleine forêt ou en pleine montagne où les chances de le retrouver un jour sont quasi nulles.

Et du coup, je décide de laisser toute mon équipe sur place et d'aller interroger Ally Watters, seule.

Pour augmenter au maximum nos chances de retrouver des indices – et Rachel Cross – le plus rapidement possible.

5.

L'appartement de Rachel Cross est niché tout en haut d'une large bâtisse victorienne à la lisière du campus de l'université de British Columbia, dans un quartier qui ne reflète en rien le milieu social dont elle est issue.

Une série de rues éparpillées autour de grands parcs dans lesquelles se bousculent les silhouettes de dizaines de jeunes adultes. Allongés sur les pelouses, un Walkman sur les oreilles… Courant à reculons pour arrêter le vol plané d'un Frisbee… Refaisant le monde à la terrasse d'un café. Entre amis. Avec l'enthousiasme un peu naïf de personnes que les dures réalités de la vie ont encore plus ou moins épargnées.

Je frappe à la porte de l'appartement Watters-Cross, en notant l'ordre des deux noms – un signe supplémentaire du profil bas que Rachel semble avoir voulu adopter en vivant dans cette communauté ? – et alors que j'essaie d'imaginer ce que cela doit faire d'être la fille unique d'un homme comme George Cross, la porte s'entrouvre pour révéler le visage d'Ally Watters.

20-25 ans. Brune aux cheveux longs. De grosses lunettes à monture noire qui lui donnent un air plutôt austère. Et des yeux rougis par une nuit sans sommeil.

Une jeune femme qui est loin d'avoir hérité du même bagage génétique que Rachel.

– Bonjour. Mon nom est Kate Kovacs. CSU. Nous nous sommes parlées au téléphone tout à l'heure…

Je lui montre ma plaque qu'elle regarde attentivement, comme s'il s'agissait d'un objet rare sur lequel elle aura plus tard à écrire une dissertation.

– Je peux entrer et vous poser quelques questions ?

Elle se reprend de suite.

– Oui, bien sûr. Excusez-moi… Je suis désolée.

Puis elle ouvre la porte en grand et j'entre pour la première fois dans l'appartement de Rachel Cross.

À première vue, c'est un appartement d'étudiant comme il en existe tant d'autres. Une grande pièce principale qui fait office de salon et de salle à manger, avec un coin cuisine, et trois portes que je devine donner sur une salle de bains et deux chambres.

Mais le décor est loin d'être celui d'étudiants qui ne rentrent chez eux que pour finir le contenu douteux de cartons de fast-food ou cuver une soirée trop arrosée.

C'est un appartement décoré avec goût par deux jeunes femmes qui ont manifestement beaucoup de choses en commun – ou dont les goûts de l'une dominent complètement ceux de l'autre.

Il y a un immense mandala tibétain accroché au-dessus d'un futon blanc qui fait office de sofa et probablement de lit d'appoint pour invités, des dizaines de petites bougies placées à travers la pièce, et partout, des objets dont la valeur sentimentale semble être inversement proportionnelle à leurs prix. Le tout créant une atmosphère à la fois sobre et accueillante.

– Vous voulez boire quelque chose ?

La voix d'Ally me tire momentanément de mon mode d'observation.

– Non merci.

– Vous êtes sûre ? Je viens de faire du café…

– Non. Sûre. Merci.

Elle s'assoit à la table de la cuisine avec une tasse de café fumant entre les mains, et alors que je traverse la pièce pour la rejoindre, je remarque une étagère sur laquelle des dizaines de photos ont été alignées dans de petits cadres aux couleurs vives.

– Je peux regarder ?

– Oui. Bien sûr…

Je m'approche de cette mosaïque de visages.

Souriants. Joueurs. Pensifs.

Une série d'instants fixés de façon complètement arbitraire sur lesquels je laisse glisser mon regard.

Rachel et Ally accroupies sur un chantier de fouilles archéologiques, des bandanas attachés autour du front…

Rachel en jean et en T-shirt devant un panneau « Attention ! Coyotes », prétendant être morte de trouille. La bouche grande ouverte, les yeux plissés d'effroi…

Ally concentrée derrière un écran d'ordinateur, les reflets bleutés du moniteur lui donnant un air encore plus austère…

Et plusieurs photos de groupe… Au ski, en forêt, à la montagne, près d'un lac… Une sorte de film muet qui raconte l'histoire d'une vie pas forcément dans le bon ordre.

Je m'arrête un peu plus longuement sur chaque photo de groupe en remarquant qu'aucune personne au-dessus de la trentaine n'y figure. Comme les parents de Rachel, par exemple…

Puis, je me retourne et je m'assois à la table de la cuisine face à Ally.

– Je peux enregistrer cette conversation ?

– Oui, bien sûr. Allez-y.

Je sors mon dictaphone et je le pose à mi-distance entre elle et moi – touches PLAY et RECORD enfoncées. Puis je me lance dans une série de questions générales pour essayer de la mettre à l'aise avant de m'attaquer à un sujet beaucoup plus difficile : le moment où elle a vu Rachel pour la dernière fois.

– Vous connaissez Rachel depuis longtemps ?

– Oui. Cinq ans. On suivait les mêmes cours en première année et on est vite devenues amies. Après quelques mois à peine, on a décidé de partager un appartement.

– Vous suivez encore les mêmes cours ?

– Non. Pas exactement… Cette année, Rachel fait un doctorat en anthropologie, et moi en archéologie. Mais ça reste quand même dans le même domaine.

– Vous écrivez toutes les deux une thèse ?

– Oui.

– Sur quoi ?

Elle sourit.

– Vous voulez *vraiment* le savoir ?

Je souris à mon tour.

– Oui.

– OK. Mais c'est vous qui l'aurez voulu…

Elle continue en faisant des signes avec les doigts pour mettre chaque énoncé entre guillemets fictifs.

– Rachel étudie « L'importance de Padmasambhava et de sa doctrine dans le Tibet actuel ». Et moi « Les techniques d'étude et de préservation d'organes momifiés dans l'Égypte ancienne ».

– C'est votre dernière année ?

– Oui.

– Et après ça, vous comptez faire quoi ? Vous en avez discuté ensemble ?

– Non. Pas vraiment. C'est plutôt difficile de nous imaginer prenant des chemins différents après avoir passé tant d'années à étudier et à vivre ensemble… Mais je pense que je continuerai à faire de la recherche à la fac. Quant à Rachel, je ne sais pas… Elle m'a dit plusieurs fois qu'elle aimerait passer une année au Tibet pour écrire un livre sur la vie quotidienne d'un petit village de l'Himalaya… C'était… Je veux dire, *c'est* son rêve…

Elle s'arrête et je décide d'enchaîner le plus vite possible.

– Est-ce que vous pouvez me raconter en détail ce qui s'est passé hier soir ? Quand vous avez vu Rachel pour la dernière fois ?

Elle me regarde droit dans les yeux.

Au bord des larmes.

– Je suis rentrée à l'appart vers 06:00. Rachel était au téléphone, dans sa chambre, avec Mark, son petit ami. Sa porte était fermée mais je pouvais entendre qu'ils se disputaient, et qu'il ne s'agissait pas d'une dispute ordinaire… Rachel avait l'air vraiment bouleversée. Je crois qu'elle m'a entendue rentrer parce qu'elle a raccroché assez rapidement… Et après ça, elle est restée dans sa chambre et j'ai hésité un long moment… Je ne savais pas si elle avait besoin de parler ou d'être seule. Alors, j'ai décidé d'attendre…

Elle s'arrête et baisse les yeux avant de continuer.

– Je sais… Cela semble maintenant être la pire des décisions… Mais à ce moment précis, j'ai vraiment cru que c'était la meilleure chose à faire… Bref, j'ai attendu pendant dix-quinze minutes, et alors que je commençais à m'inquiéter, elle est enfin sortie de sa chambre. Elle avait l'air d'avoir pleuré, et de suite, je lui ai demandé ce qui s'était passé, mais elle a refusé d'en parler. Elle m'a juste dit que c'était « à cause de Mark, comme d'habitude ». Puis elle a attrapé son Walkman et ses clés de voiture et elle m'a dit qu'elle allait faire du jogging au Lighthouse Park. Puis qu'elle passerait probablement chez Mark après, de ne pas l'attendre… J'ai essayé de la convaincre de rester, de discuter calmement de ce qui venait de se passer, mais elle n'a rien voulu entendre. Elle m'a juste dit qu'elle en avait marre de vivre entre différents mondes qui n'avaient aucun lien entre eux. Que tout était devenu trop difficile.

– Qu'est-ce qu'elle a voulu dire par là à votre avis ?

Ally hésite. Elle attrape sa tasse de café à deux mains et la maintient en l'air devant elle en la serrant fort, comme pour se donner du courage en forçant la chaleur à se diffuser dans ses doigts. Puis elle me répond enfin. Un peu à contrecœur.

– Vous savez, Rachel n'avait pas une vie très facile, en ce moment…

– À cause de Mark ?

– Entre autres. Elle avait aussi pas mal de problèmes avec ses parents.

– Comme ?

– Le fait que son père lui parle à peine et que sa mère lui fait du chantage affectif à chaque fois qu'elle l'appelle. Pour essayer de la convaincre de retourner vivre aux États-Unis, de rompre avec Mark et d'avoir un mode de vie qui soit plus en phase avec celui de sa famille.

– Vous savez pourquoi elle a quitté les États-Unis ?

– Oui. Parce que son père lui a lancé un ultimatum quand elle a décidé de faire des études d'anthropologie, et non pas de droit comme il le voulait. Soit elle allait à Harvard, comme lui, et il continuait à tout lui payer, soit elle se débrouillait toute seule pour étudier une matière de «communistes», comme il dit. C'est pour cela qu'elle est venue s'installer ici, au Canada. Pour faire table rase. Pour couper un maximum de ponts avec sa famille et être le plus loin possible de Washington et de ses parents. Sans compter qu'elle voulait enfin avoir une vie normale, loin des soirées mondaines et des opinions politiques de son père qu'elle ne partageait pas.

– Elle ne reçoit pas du tout d'argent de ses parents ?

– Non. Elle finance ses études avec un prêt étudiant et les cours qu'elle donne à la fac en tant que thésarde.

– Et vous en pensez quoi ?

– Moi ?

Elle a l'air horrifiée que j'ose lui poser une question pareille, et pour la première fois, il y a de la colère dans sa voix. Quelque chose qui semble complètement en porte-à-faux avec le reste de son attitude.

– Le père de Rachel a une fortune qui permettrait de nourrir les habitants de plusieurs pays du tiers-monde pendant des années et des années, et vous me demandez ce que je pense de lui ?

Je la laisse continuer sans relever que ma question ne portait pas sur George Cross, mais sur la relation qu'il a avec sa fille.

— Je pense que c'est un politicien de droite, un capitaliste qui est prêt à tout pour ajouter des zéros à son compte en banque et monter de quelques places dans la liste des Américains les plus riches du magazine *Forbes*. Il n'est même pas capable de laisser de côté ses soi-disant « principes » pour encourager sa fille à suivre les études qu'elle a choisies.

Je laisse volontairement un blanc, pour qu'elle reprenne son calme avant de continuer.

— Et Mark, dans tout ça ?

— Mark, c'est une longue histoire…

Elle s'arrête et je sens qu'il s'agit d'un sujet de dissension entre Rachel et elle. Instinctivement je devine qu'Ally et Mark ne sont pas les meilleurs amis du monde et je décide d'aller droit au but.

— Vous ne vous entendez pas bien avec lui ?

Elle me regarde. Confuse.

— Non… Ce n'est pas vraiment ça… C'est beaucoup plus compliqué… Ce n'est pas juste une question de m'entendre bien ou non avec lui, c'est plutôt que je pense que Rachel mérite quelqu'un de beaucoup mieux que lui.

— Vous voulez dire quoi par là ?

– Que Rachel est quelqu'un d'intelligent, de doué, de sophistiqué. L'opposé de Mark. Personnellement, je crois qu'il exploite le fait qu'elle veuille à tout prix vivre dans un milieu différent de celui dans lequel elle a été élevée… Qu'il aime bien l'idée de sortir avec la fille d'un sénateur multimillionnaire, même si c'est quelque chose qu'il n'oserait jamais avouer.

– Cela fait combien de temps qu'ils se connaissent ?

– Trois ans. Ils se sont rencontrés à la fac, juste avant que Mark abandonne ses études.

– Ils se voient souvent ?

– Oui et non… D'habitude, Rachel passe le week-end chez Mark et le reste de la semaine ici. Même si je ne sais toujours pas ce qui la pousse à rester avec quelqu'un comme lui… Vous l'avez déjà rencontré ?

– Non. Pas encore.

– Eh bien vous verrez par vous-même. Mark est du genre jeune branché. Il porte des bermudas trois fois trop grands… Il a un piercing sur l'arcade sourci-lière… Il travaille dans un magasin de location de VTT… Et, bien sûr, il est toujours fauché.

– Vous pensez que l'argent était un problème entre eux ?

– Oui. Mark pensait s'être trouvé une petite amie avec une fortune familiale de conte de fées… Et il ne comprend toujours pas que les parents de Rachel ne lui donnent pas d'argent.

– Vous pensez qu'il a quelque chose à voir avec la disparition de Rachel ?

– Je ne sais pas.

Sa réponse à l'air honnête et j'essaie d'en savoir plus.

– Il est violent ?

– Vous voulez dire, envers Rachel ?

– Oui.

– Non. Je ne crois pas. En tout cas, elle n'a jamais rien mentionné à ce sujet… Pour être honnête, je crois qu'ils s'aiment vraiment beaucoup tous les deux. Mais je pense aussi qu'il s'est passé quelque chose d'important hier soir. Que ce n'était pas juste une dispute « normale ».

– Vous pensez qu'ils ont pu se séparer ?

– Oui. C'est possible…

– Et vous savez ce qui aurait pu les pousser à faire ça ?

Elle réfléchit pendant quelques instants avant de me répondre.

– Oui. Mais je préférerais ne pas en parler.

Elle fixe nerveusement le dictaphone du regard et, sans la moindre hésitation, j'éteins l'appareil.

– Ally… J'ai vraiment besoin d'avoir le maximum d'informations sur Rachel pour arriver à établir ce qu'il lui est arrivé.

Elle continue à hésiter un long moment avant de lâcher d'une voix à peine audible :

– Je crois que Mark se dope, ou qu'il deale de la drogue depuis quelques semaines… Qu'il harcelait Rachel pour qu'elle lui prête de l'argent, mais je n'en suis pas sûre…

– Rachel vous en a parlé ?

– Non. Pas directement. Mais j'ai entendu des bouts de conversation.

– Comme celle d'hier ?

– Oui.

Je regarde ma montre, en réalisant qu'il est déjà presque 10:30 et que Mark est un suspect potentiel que personne n'a encore interrogé.

Je décide donc de mettre fin à cet entretien le plus vite possible pour pouvoir partager les informations que je viens de recueillir avec le reste de mon équipe et essayer de localiser Mark Bauer.

– OK… Il me reste juste deux ou trois questions à vous poser et j'aimerais ensuite prendre quelques photos de la chambre de Rachel, si cela ne vous dérange pas.

– Non. Faites comme chez vous. Allez-y.

Je rallume le dictaphone et je laisse ma main gauche posée dessus, prête à l'éteindre de nouveau si nécessaire.

– Est-ce que vous vous souvenez de ce que Rachel portait la dernière fois que vous l'avez vue ?

La question est difficile. Je sais qu'elle est immédiatement associée par les proches de victimes à l'idée d'avoir un corps à identifier.

– Heu… Je ne suis pas complètement sûre… Ce qu'elle porte d'habitude pour aller faire du jogging, je crois… Un sweat-shirt de l'UBC bleu marine. Un pantalon de survêtement clair. Blanc ou gris… Et des chaussures de sport.

– Elle portait des bijoux ?

– Oui. Un bracelet de prière tibétain en perles orange. Celui qu'elle n'enlève jamais. Même pour dormir.

Son regard se pose sur mon poignet gauche.

– Exactement comme le vôtre.

Elle hésite un peu avant de me poser la question qui va de soi.

– Vous êtes bouddhiste ?

– Non. C'est un cadeau.

J'enchaîne vite. Incapable d'articuler une syllabe de plus sur le sujet.

– Vous savez si la voiture de Rachel avait des problèmes mécaniques ? Si Rachel a récemment eu à utiliser une roue de secours ou si elle avait des problèmes de démarrage, des choses comme ça ?

– Non. Sa Honda est toujours parfaitement entretenue. C'est Mark qui s'en occupe. Probablement l'une des seules choses qu'il sait vraiment bien faire…

– OK. Merci.

J'éteins le dictaphone et je sors mon appareil photo dans lequel j'introduis une nouvelle carte de mémoire.

– Je vais aller prendre quelques photos de la chambre de Rachel. C'est toujours OK ?

– Oui, allez-y. C'est la porte de droite.

J'entre dans la pièce et j'essaie de mémoriser le maximum de détails sur l'endroit, tout en le prenant en photo, en faisant bien attention de ne toucher à rien.

Je remarque le iMac bleu posé sur un bureau parfaitement bien rangé. Une série d'étagères sur lesquelles sont alignés des dizaines de dossiers classés par ordre alphabétique. Les murs peints en blanc. Les petits pots de cactus posés le long de la fenêtre. Le CD de Radiohead posé sur la chaîne hi-fi. Et la photo qui trône bien en évidence sur la table de chevet.

Celle d'un jeune couple enlacé.

Souriant.

Heureux.

Qu'une légende écrite à la main identifie comme étant une photo de Rachel et de Mark, prise à Whistler l'hiver dernier.

6.

Je gare la Volvo devant le 1480 Granville Street en ayant de suite la plus grande sympathie pour les personnes qui habitent dans cet immeuble.

Parce que juste à côté, se trouve un immense terrain vague dans lequel une fosse d'une bonne dizaine de mètres à été creusée. Et qu'en attendant qu'elle soit remplacée par l'une de ces immenses tours de verre teinté dont le centre-ville semble raffoler, l'endroit est une cacophonie de bruits et d'images à la limite du supportable.

Comme de petits Playmobil aux casques jaunes, des dizaines d'ouvriers soudent, coupent, martèlent tout ce qui semble leur tomber sous la main avec une efficacité de fourmis. Et je me demande sérieusement comment les riverains arrivent à supporter un tel vacarme plusieurs heures par jour, plusieurs jours par semaine… Tout en sachant que ce chantier ne sera probablement pas fini avant des mois et des mois ; voire des années.

Je monte vite les marches de l'immeuble pour essayer de mettre un maximum de distance entre les Playmobil de la fosse et moi, et je frappe à la porte de Mark Bauer, en remarquant que même du troisième étage on peut encore entendre les bruits du chantier.

Étouffés. Lancinants.

Comme une rage de dents qui n'en finit pas.

J'attends une bonne minute avant de frapper de nouveau, un peu plus fort pour être bien sûre de me faire entendre, et après une poignée de secondes, la porte s'ouvre enfin… Et je me retrouve nez à nez avec Mark Bauer.

Hors de lui.

– Qu'est-ce que vous voulez ? Vous ne pensez pas qu'il y a assez de bruit comme ça ? ! ? Ça vous arrive des fois de penser qu'il y a des gens qui aimeraient dormir ?

Il me dévisage des pieds à la tête et semble réaliser que je ne suis pas là pour lui vanter les mérites d'une nouvelle encyclopédie, lui faire un sermon mormon, ou lui annoncer que l'immeuble a besoin d'être évacué de toute urgence suite à une fuite de gaz.

Immédiatement, il semble regretter de m'avoir ouvert et referme légèrement la porte, en se plaquant contre le chambranle – et je profite de la petite pause qui suit pour le dévisager à mon tour.

Mal réveillé. Pas rasé. Des mèches rouges dans les cheveux, dressés n'importe comment sur le crâne. L'arcade sourcilière gauche percée par un anneau en métal. Un T-shirt délavé sur lequel un logo Atari est à peine visible, assorti à un pantalon de skater froissé. Et, pour compléter le tout, des cernes sous les yeux qui semblent indiquer soit qu'il a très peu dormi la nuit dernière, soit qu'il est en train de cuver une gueule de bois impressionnante. Voire les deux.

Du coup, devant son air endormi, je décide de me présenter le plus clairement possible, en plaçant ma plaque à quelques centimètres à peine de son visage.

– Agent Kovacs, CSU. J'aimerais parler à Rachel Cross. Elle est avec vous ?

– Non. Pourquoi ?

– Je peux entrer ?

Il se passe la main dans les cheveux en les ébouriffant encore plus, comme pour essayer de se sortir d'un mauvais rêve.

– Non. Je veux d'abord savoir ce qui s'est passé.

– Nous ne sommes pas sûrs… Rachel a disparu.

– Quoi ??

– Sa voiture a été retrouvée abandonnée sur le parking du Lighthouse Park. Personne ne l'a vue depuis hier soir…

Ses épaules s'affaissent et il ouvre la porte en grand pour me laisser rentrer. Sans rien dire. Visiblement atterré par la nouvelle que je viens de lui annoncer.

Je le suis à travers le petit couloir de l'entrée, et une fois arrivé dans la pièce principale, il me fait signe de m'asseoir dans l'un des fauteuils, et pousse plusieurs magazines et canettes de bière vides éparpillés sur le canapé pour se faire de la place et pouvoir s'asseoir face à moi.

Tout autour de nous, je remarque que le reste de la pièce est dans le même état de désordre avancé. Murs couverts de posters de snowboarders, VTT posé contre le mur, matériel de musique empilé sur le sol. Et partout, des vêtements et des assiettes sales qui traînent.

Je m'assois dans le fauteuil que Mark m'a indiqué, en essayant d'ignorer la paire de chaussettes posée à mes pieds et la boîte de pizza en carton, vide et huileuse, ouverte sur la table basse devant moi.

Puis je sors mon dictaphone et je le pose sur l'un des accoudoirs.

– J'aimerais pouvoir enregistrer cette conversation, si vous n'y voyez pas d'objection ?

– Non, allez-y.

Il se passe de nouveau la main dans les cheveux – cette fois-ci pour clairement essayer de les aplatir un peu – et alors que je mets le dictaphone en marche, c'est lui qui se lance en premier.

– Vous avez fouillé la forêt ?

Sa voix est hésitante. Un peu cassée.

– Oui. Deux patrouilles de recherche l'ont passée au peigne fin cette nuit et sont encore sur place. Mais elles n'ont pas retrouvé la moindre trace de Rachel.

– Vous avez essayé de l'appeler sur son portable ?

– Oui. Aucune réponse. Il est soit éteint, soit hors d'état.

J'observe attentivement ses réactions – jusqu'à présent un mélange ouvert de choc et d'inquiétude – avant de continuer.

– Je viens de parler à Ally Watters. Elle m'a dit que vous étiez au téléphone avec Rachel hier soir, juste avant qu'elle ne quitte son appartement pour aller faire du jogging au Lighthouse Park. Selon elle, Rachel était plutôt perturbée par la conversation que vous avez eue. Vous pouvez me dire ce qui s'est passé ?

Il baisse les yeux.

– On s'est disputés. Rien de plus. Juste une dispute de couple.

– Selon Ally, c'était bien plus qu'une « simple » dispute de couple.

– Qu'est-ce qu'elle pourrait bien en savoir ? Madame-je-n'ai-jamais-eu-de-petit-ami… Parce que la vie de couple, si vous voyez ce que je veux dire, ce n'est pas vraiment sa spécialité…

– Vous voulez dire qu'elle m'a menti ?

– Non. Je me suis bien disputé avec Rachel. Mais c'était loin d'être la fin du monde. En tout cas, c'est ce que je croyais… Naturellement, Ally aurait probablement préféré qu'il en soit autrement…

– Qu'est-ce que vous voulez dire par là ?

– Que depuis que je sors avec Rachel, Ally n'a qu'une idée en tête : qu'on se sépare. Ce qui est probablement la seule chose qu'elle ait en commun avec notre cher sénateur et son épouse…

– Les parents de Rachel n'approuvent pas votre relation ?

– Comme si vous ne le saviez pas déjà.

Je reconsidère mon approche.

– OK. Il y a plusieurs personnes dans votre entourage qui ne sont pas fans de votre relation. Cela ne veut pas dire pour autant que vous ne formez pas un bon couple avec Rachel.

Il me regarde droit dans les yeux. Apparemment touché par mon commentaire.

– Merci. Cela fait plaisir à entendre.

J'exploite le plus vite possible ce premier moment d'interaction réelle entre nous pour essayer d'établir un contact plus personnel avec lui.

– Mark. Est-ce que tu as parlé ou vu Rachel, après ce coup de téléphone ?

Il hésite un peu.

– Oui. Je lui ai parlé deux fois de plus. Au téléphone.

– À quelle heure ?

– Je ne me souviens plus exactement. Autour de 19:00 et de 19:30. Je crois… En tout cas quelque chose dans ces eaux-là…

– Vous êtes restés longtemps au téléphone ? À chaque fois ?

– Non. cinq-dix minutes. Pas plus.

– De quoi vous avez parlé ?

Il baisse les yeux, sans me répondre. Et pour la première fois, il me faut insister.

– Vous avez continué à vous disputer ?

– Oui. Même si ce n'était vraiment pas mon but.

– Tu voulais essayer de faire la paix ?

– Oui.

– Et ?

– Je n'ai manifestement pas réussi.

– Tu peux me dire sur quoi portait la dispute initiale ?

Il hoche la tête.

– Vous n'allez pas me croire… Cela paraît tellement débile maintenant…

Il pose les avant-bras sur les genoux et croise les mains avant de continuer.

– Rachel voulait que j'aille avec elle à Washington le mois prochain, pour les 60 ans de sa mère. Que j'y aille « habillé normalement », sans piercing, sans la moindre mèche rouge dans les cheveux. Et j'ai refusé. En bloc.

– Pourquoi ?

– Parce qu'il est hors de question que je fasse le moindre effort pour des crétins pareils.

– Et pour Rachel, tu l'aurais fait ?

Il s'arrête net.

– Oui. C'est ce que j'ai réalisé après coup, en y repensant. C'est pour cela que je l'ai rappelée. Pour essayer de m'excuser. Mais elle n'a rien voulu entendre… Je crois qu'elle était vraiment déçue, écœurée par mon attitude…

– À juste titre ?

– Probablement.

– Mark… Est-ce que vous aviez tous les deux d'autres problèmes de couple ? En dehors de l'incident d'hier soir ?

– Comme ?

– Des choses que tu aurais pu faire et que tu regrettes, des choses que Rachel désapprouvait…

– Je ne comprends pas votre question.

Je décide d'aller droit au but.

– Est-ce que tu as des problèmes de drogue, d'argent, des choses comme ça ?

– C'est encore Ally qui est venue se mêler de choses qui ne la regardent pas, c'est ça ?

Je ne lui réponds pas.

– Oui. Si vous voulez tout savoir, je suis plutôt fauché et je fume de temps en temps un peu de marijuana. Comme des millions d'autres personnes à travers le monde.

– Ce qui ne rend pas la chose moins illégale ou moins dangereuse.

– Écoutez, vous pouvez penser ce que vous voulez, mais je ne suis pas un drogué. Je fume un ou deux joints par semaine, au max… C'est loin d'être un « problème ».

Dans d'autres circonstances, je n'aurais pas hésité à lui asséner mon meilleur speech antidrogue. Mais, dans ce cas précis, la situation de Rachel prend malheureusement le dessus sur les habitudes nocives pour la santé de son petit ami.

– Mark, est-ce qu'il y a de la drogue en ce moment dans ton appartement ?

– Non.

– Des armes ?

– Non plus ! Mais qu'est-ce que vous croyez, que j'ai quelque chose à voir avec la disparition de Rachel ?

– C'est une piste que je dois explorer. Comme toutes les autres.

– Sauf que vous perdez votre temps !! Parce que je n'ai absolument rien à voir avec la disparition de Rachel ! Et avant que vous ne me posiez la question : oui, je suis bien resté ici hier soir. Je n'ai pas bougé. J'ai essayé d'appeler Rachel plusieurs fois sur son portable jusqu'à environ minuit, tout en descendant un maximum de canettes de bière pour essayer d'oublier ce qui venait de se passer. Et après ça, je me suis endormi sur le sofa et c'est vous qui m'avez réveillé ce matin en tambourinant comme une malade sur ma porte !

– La police de Vancouver a essayé de vous contacter plusieurs fois ce matin par téléphone. Pourquoi n'avez-vous pas décroché ?

– Mon téléphone est débranché. Vous pouvez vérifier si vous voulez. Au cas où vous ne l'auriez pas remarqué, ce n'est pas exactement très facile de faire la grasse matinée dans le quartier en ce moment…

J'essaie de rétablir une conversation plus cordiale entre nous.

– OK, Mark. Voilà ce qu'on va faire… Je vais avoir besoin de ton numéro de portable pour vérifier que tu m'as bien dit la vérité.

– Sans problème. C'est le (604) 817-8812.

– Puis, j'aimerais qu'une de mes collègues jette un coup d'œil à ton appartement.

– Pourquoi ?

Je n'essaie même pas de bluffer.

– Pour s'assurer qu'il n'y a aucun indice qui puisse t'impliquer dans la disparition de Rachel.

Il réfléchit longuement et hésite un peu avant de me poser la question qui semble le perturber.

– Vous pensez qu'il lui est arrivé quoi ? Je veux dire, qu'elle a été attaquée, enlevée ?

– Pourquoi tu dis ça ?

– À cause de ses parents. De tout le fric qu'ils ont.

– C'est possible. Mais pour l'instant personne n'a reçu de demande de rançon et Rachel a pu être attaquée pour une toute autre raison. Ou s'être suicidée.

Il me regarde droit dans les yeux. Livide.

– Vous n'êtes pas sérieuse ?

– Si. Pour l'instant, nous devons prendre en compte tous les scénarios possibles. Y compris le fait qu'elle ait elle-même organisé sa propre disparition. C'est pour cela que nous avons besoin d'obtenir autant d'informations que possible…

– Comme quoi ?

– Comme le moindre détail sur son emploi du temps d'hier soir. Ou des choses qu'elle aurait pu te dire, que tu aurais pu entendre quand tu étais au téléphone avec elle…

Il semble soudain se souvenir de quelque chose.

– Ce n'est probablement rien… Mais quand j'étais au téléphone avec elle, la deuxième fois, quand elle était sur le parking du Lighthouse Park, j'ai entendu une voiture s'approcher d'elle. J'ai entendu des bruits de pneus sur le gravier…

– Elle t'a dit qui c'était ?

– Non. Elle m'a juste dit : « Il faut que j'y aille. »

– Tu as la moindre idée de qui cela peut être ?

– Non. Mais elle m'a parlé plusieurs fois d'un ranger des Parks & Forests qui était particulièrement collant. Qui était toujours là quand elle arrivait pour faire son jogging le vendredi soir. Cela fait d'ailleurs aussi partie de nos motifs classiques de disputes. Le fait qu'elle aille faire du jogging toute seule en forêt. Je trouve ça plutôt dangereux…

– Tu sais où elle était quand tu lui as parlé pour la dernière fois ?

– Non. Mais je ne me rappelle pas avoir entendu le moindre bruit de fond. Peut-être donc qu'il n'y en avait pas, qu'elle était dans la forêt…

– Tu sais où elle va exactement quand elle fait du jogging ?

– Non. Elle utilise différents sentiers à chaque fois. Par contre, je sais qu'elle a un endroit « spécial » où elle aime s'arrêter pour écouter de la musique. Un endroit isolé, mais je ne sais pas où. Elle ne me l'a jamais dit… Elle pense que c'est d'ailleurs là qu'elle a perdu son portable.

– Rachel a perdu un téléphone portable dans la forêt du Lighthouse Park ?

– Oui. Il y a deux ou trois mois.

– Elle l'a retrouvé ?

– Non, jamais.

– Tu sais si Rachel avait des informations personnelles enregistrées dedans ? Agenda ? Numéros de téléphone ?

– Oui. C'est d'ailleurs ce qui l'embêtait le plus… Pas vraiment d'avoir perdu le portable lui-même, mais ce qu'il contenait.

– Elle avait installé un mot de passe de sécurité ?

– Non.

– Ce qui veut dire que n'importe qui aurait pu accéder à sa liste de numéros personnels. Travail, amis, famille…

– Oui.

Il réalise brusquement la portée de ce que je viens de dire.

– Vous pensez qu'il y a un lien entre le portable que Rachel a perdu dans la forêt et le fait qu'elle ait disparu hier soir ?

– C'est possible…

Je fais vite le bilan et je décide de donner à Mark Bauer le bénéfice du doute.

En grande partie parce que je n'ai pour l'instant aucun indice qui le lie directement à la disparition de

Rachel, et aucun moyen de le mettre en garde à vue, ne serait-ce que pour quelques heures. Et parce que quelque chose dans son attitude me fait penser qu'il est absolument incapable de faire du mal à qui que ce soit. Encore moins à sa petite amie.

– OK. Voilà ce que je te propose, Mark… Je vais poster un officier du VPD devant ton appartement et demander à l'une de mes collègues de venir l'étudier en détail. En attendant d'en savoir plus, j'aimerais que tu restes chez un ami ou chez un proche avec ton portable allumé, *non-stop*, au cas où l'on aurait besoin de te contacter. Tu comprends ce que je veux dire ?

– Oui.

– Il y a un endroit où tu peux rester jusqu'à ce qu'on ait fini ?

– Oui. Je dois aller bosser cet après-midi.

– Tu travailles où ?

– Dans un magasin qui loue des vélos et des rollers sur Denman Street.

– De quelle heure à quelle heure ?

– De midi à environ 19:00-19:30… Ça dépend du temps qu'il fait et du nombre de clients qu'on a.

– Tu peux y rester toute l'après-midi ? Sans bouger ?

– Oui.

– Tu comprends bien que si tu nous fais faux bond, nous serons obligés de te considérer comme suspect et de te mettre en garde à vue ?

– Oui.

– Sûr ?

– Promis.

Je le regarde fixement en sortant mon portable.

Incapable de savoir si lui faire confiance est une décision que je vais regretter plus tard.

7.

– OK. Qu'est-ce qu'on a pour l'instant ?

Je me plante devant le grand tableau blanc de la salle de réunion sur lequel Keefe a affiché les différentes informations que nous avons rassemblées jusqu'à présent, et je réponds à ma propre question. Les yeux des membres de mon équipe braqués sur moi.

– Rachel Cross a disparu hier soir autour de 20:00. Selon les témoignages que l'on a recueillis, elle a été vue pour la dernière fois par Ally Waters dans son appartement vers 18:30 et par Brad Stokes sur le parking du Lighthouse Park vers 19:00. Mark Bauer, son petit ami, dit aussi lui avoir parlé au téléphone vers 19:00 puis 19:30. J'ai contacté Telus, le réseau qu'il utilise pour son portable, qui devrait confirmer d'ici peu l'heure et la durée exacte de ces deux conversations.

Je montre du doigt la photo de la Honda de Rachel épinglée en bas du tableau.

– À part la voiture, retrouvée abandonnée sur le parking du Lighthouse Park avec un pneu dégonflé, nous n'avons pas grand-chose… Les patrouilles de recherche n'ont rien trouvé… Et on n'a toujours pas la moindre idée de l'endroit exact où Rachel a disparu. Autant qu'on puisse l'établir à ce stade, elle n'est peut-être même jamais rentrée dans la forêt hier soir.

Je lève les yeux vers Keefe pour lui passer la parole.

Immédiatement, il tape sur le clavier de son ordinateur et une carte de West Vancouver apparaît sur l'écran de projection de la pièce – la zone verte du Lighthouse Park clairement visible dans un des angles. Puis il enchaîne avec les détails que je lui ai demandé de rassembler pour le reste de l'équipe.

– Le principal problème, c'est que l'on ne sait pas où Rachel a disparu. À cause de la pluie, les chiens des patrouilles de recherche n'ont trouvé aucune piste, et vu sa taille et la densité de sa végétation, la superficie entière du Lighthouse Park est quasiment impossible à passer au peigne fin.

Il fait un zoom sur la forêt et continue.

Dans la zone verte de tout à l'heure, on peut maintenant voir un réseau de dizaines de petits sentiers qui se croisent comme les fils d'une toile d'araignée.

– La forêt du Lighthouse Park recouvre une péninsule de 65 hectares, avec environ 3 kilomètres de côtes, dont la vaste majorité est inaccessible à pied. L'intérieur est recouvert d'arbres centenaires qui dissimulent un terrain plutôt accidenté : falaises qui tombent à pic dans l'océan, racines qui sortent du sol, parois rocheuses, etc. Au total, il y a une vingtaine de sentiers qui figurent sur la carte officielle de la forêt, et des dizaines d'autres que les habitués utilisent. Bizarrement, très peu de ces sentiers, officiels ou non, sont balisés sur le terrain, et il est relativement facile de se perdre. Pour un touriste, l'endroit peut vite devenir désorientant.

Keefe agrandit maintenant la partie sud de la forêt.

– À la pointe extrême de la péninsule on a le Point Atkinson, sur lequel se dresse le phare du même nom. Un bâtiment construit en 1912 sur une avancée rocheuse qui est interdite au public. Tout autour, la côte est plus ou moins accessible, avec de gros rochers qui plongent dans l'océan. À la fin du East Beach Trail et du West Beach Trail, il y a aussi une poignée de minuscules plages, dont certaines sont dissimulées dans de petites grottes, et un long ponton en bois qui date de la Seconde Guerre mondiale, période pendant laquelle l'endroit était utilisé comme poste militaire de surveillance.

Keefe s'arrête et je reprends la parole.

– Au total, on a quatre grands scénarios possibles : 1) Rachel Cross s'est suicidée dans la forêt ou dans un autre endroit dont on ignore encore tout, après avoir abandonné sa voiture sur le parking du Lighthouse Park.

2) Elle a organisé sa propre disparition et essaie de nous faire croire à la thèse de l'enlèvement ou à celle de l'accident.

3) Elle a été attaquée et/ou tuée, sans qu'il existe le moindre lien entre cette agression et le niveau social de sa famille. Juste parce qu'elle se trouvait au mauvais endroit au mauvais moment…

4) Elle a été enlevée dans un scénario classique de kidnapping, et son ou ses ravisseurs vont l'utiliser comme otage dans le but d'extorquer de l'argent à sa famille ou éventuellement faire pression politique sur son père.

Personnellement, je crois qu'on peut en grande partie éliminer la thèse de l'accident dans la forêt. Rachel connaissait bien les lieux et je ne pense pas qu'elle ait pu se perdre ou se blesser sans que les patrouilles de recherche ne la retrouvent… Quant au suicide, on a effectivement une dispute de couple, mais rien d'autre : pas de lettre ou de signe avant-coureur qu'elle s'apprêtait à mettre fin à ses jours… Par contre, en raison du statut social de son père, je pense qu'il nous faut sérieusement considérer la thèse de l'enlèvement comme étant la plus probable. Ce qui nous amène aux trois principaux suspects que nous avons pour l'instant…

Je montre du doigt les trois photos que Keefe a alignées en haut du tableau blanc, en commençant par celle de Mark Bauer.

– Première possibilité, Mark Bauer, le petit ami de Rachel depuis trois ans. Un jeune un peu paumé avec qui elle s'est sérieusement disputée juste avant de disparaître. Selon Ally Watters, il aurait des problèmes d'argent et/ou de drogue depuis plusieurs semaines – sans compter un sérieux contentieux avec les parents Cross. Ce qui lui donne potentiellement un double motif : financier et passionnel. Il avait aussi facilement accès aux détails personnels de Rachel et de sa famille, et connaissait parfaitement bien son emploi du temps.

J'enchaîne en montrant la photo de Brad Stokes.

– Deuxième possibilité, le ranger des Parks & Forests. Il a lui-même admis être la dernière personne à avoir vu Rachel hier soir sur le parking du Lighthouse Park, et vaguement la connaître. Il n'est pas forcément le témoin le plus neutre de cette affaire et je pense qu'il avait un petit faible pour Rachel, voire même qu'il la harcelait quand il la voyait. Il a très bien pu discuter assez longtemps avec elle pour connaître sa situation familiale et penser à l'enlever pour obtenir une rançon. Selon Mark, Rachel a aussi perdu son téléphone portable il y a deux ou trois mois dans la forêt. Brad Stokes a pu le retrouver et l'utiliser pour récupérer les numéros personnels de Rachel et arriver à établir son identité.

Je finis par la photo de Fred Kazynski, une photo en noir et blanc que Keefe a trouvée dans un dossier militaire et qui date d'il y a plus de vingt ans. Le visage du jeune soldat en uniforme n'ayant probablement plus rien à voir avec celui de l'homme d'une quarantaine d'années qui vit aujourd'hui en ermite dans les forêts de la région…

– Troisième possibilité, Fred Kazynski, un ancien Navy Seal. Selon Brad Stokes, il était dans la forêt hier soir et, toujours selon lui, ne serait pas la personne la plus stable qui soit.

Je me rassois et je passe la parole aux différents membres de mon équipe. Un par un.

– Nick ?

– J'ai interrogé les gens qui habitent autour du Lighthouse Park et personne n'a vu Rachel. Ni sur le parking, ni sur Marine Drive. Côté Kazynski, rien non plus, mais plusieurs personnes ont effectivement confirmé son existence, et le fait qu'il sillonne parfois la forêt la nuit. Ceci étant, toutes les personnes qui m'ont parlé de lui sont catégoriques : il est complètement inoffensif. C'est juste un ancien soldat traumatisé par la guerre qui aime vivre en pleine nature. Apparemment, il est connu de tous les employés des Parks & Forests de la région et aurait bien un refuge dans la forêt du Nelson Canyon. J'ai envoyé un message au ranger qui couvre ce secteur – un dénommé Neil Finn – et avec un peu de chance, il devrait savoir exactement où l'on peut trouver Kazynski.

– Excellent. Tu sais quand il devrait te rappeler ?

– Non. Son portable est dans une zone hors réseau. Il est de service aujourd'hui et probablement quelque part en patrouille dans un endroit isolé.

– Et le chauffeur de bus qui assurait la ligne du 250 hier soir ?

– Pas encore réussi à le contacter. Les deux numéros que Translink m'a donnés sont branchés sur répondeur et j'imagine qu'il est en train de dormir après avoir bossé toute la nuit. J'ai laissé un message chez lui et sur son portable.

– OK. Keefe ?

– Pas grand-chose… J'ai surtout fait des recherches sur la famille de Rachel et sur Kazynski. Selon les officiers de liaison du VPD, les parents de Rachel n'ont toujours pas reçu de demande de rançon, mais sont malgré ça absolument convaincus que leur fille a été enlevée. Ils rejettent totalement la thèse de la disparition volontaire ou celle du suicide. Apparemment, George Cross a déjà passé plusieurs coups de téléphone pour s'assurer que tous les efforts sont bien mis en œuvre pour retrouver les « ravisseurs » de sa fille. Il sait que c'est le CSU qui s'occupe désormais de l'affaire, et il devrait être à Vancouver avec sa femme en fin d'après-midi. Quant à Fred Kazynski, j'ai son dossier militaire, mais c'est à peu près tout. C'est un ancien soldat américain qui a servi dans une unité d'élite des Navy Seals de 1981 à 1988, et la plupart des missions auxquelles il a participé sont encore top secret. On sait qu'il a reçu un entraînement poussé en « techniques de combat rapproché » – ce qui veut dire dans le jargon militaire qu'il est capable de tuer un homme à mains nues, sans le moindre problème. Il a été réformé suite à un incident qui a eu lieu au Salvador, une opération sur laquelle je n'ai aucun détail. Après ça, il existe un long rapport psychiatrique qui indique qu'il souffrait à l'époque de choc post-traumatique avec hallucinations et tendances violentes, et qui recommandait un traitement similaire à celui généralement prescrit à des schizophrènes. Un traitement qu'il n'a apparemment jamais reçu. Il semble avoir complètement disparu de la circulation après s'être installé au Canada il y a une bonne dizaine d'années, et son nom ne figure aujourd'hui sur aucun registre officiel. Il n'a pas de couverture sociale, pas de compte en banque, pas de passeport, etc. Il fait partie de ces citoyens fantômes qui vivent parmi nous mais dont on ne sait presque rien.

– Tu penses qu'il peut y avoir un lien entre les missions qu'a menées Kazynski il y a vingt ans et le sénateur ? Que Kazynski a pu enlever Rachel pour régler un vieux compte politique, ou personnel, avec George Cross ?

– C'est possible, mais le dossier militaire de Kazynski ne contient que très peu de détails… Je vais quand même essayer de vérifier.

– Merci. Et Brad Stokes ? Tu as trouvé quoi que ce soit de suspect sur lui ?

Keefe me répond avec un sarcasme évident dans la voix et je devine qu'après mon départ, le ranger ne s'est pas fait que des amis sur le parking du Lighthouse Park.

– Brad Stokes…

Il se bascule en arrière dans sa chaise et continue.

– Rien. Et ce, malgré tous mes efforts… C'est apparemment un employé modèle, un voisin sans histoire, un citoyen au-dessus de tout soupçon… Il vit seul depuis son divorce, il y a environ huit ans. Et même si les gens à qui j'ai parlé ne l'apprécient guère, personne n'a rien d'ouvertement négatif à dire à son sujet.

– Son ex-femme vit encore ici ?

– Non. Elle habite au Québec. J'attends un fax de la police de Montréal pour confirmer son adresse et avoir accès à toute information sur elle et son ex-mari qui pourrait nous aider à mieux cerner Brad Stokes.

– Connie ?

Au son de ma voix, Connie se raidit légèrement et se redresse dans son fauteuil. Malgré tous mes efforts, son attitude n'a guère changé depuis que je l'ai recrutée il y a six ans. Elle a toujours avec moi ce même sens profond de la hiérarchie, ce même détachement professionnel qui frise la froideur. Une attitude à laquelle je suis maintenant habituée et que j'ai même appris à respecter.

Elle se lève et accroche en silence sur le tableau blanc une série de photos prises sur le parking du Lighthouse Park. Puis elle remet en place avec un geste discret de la main une mèche de cheveux qui a osé s'échapper d'une de ses barrettes en nacre, et me répond enfin.

– Pour l'instant, les choses avancent plutôt lentement… Je n'ai pas encore pu étudier la voiture de Rachel en détail, mais elle devrait être transférée dans le garage d'analyse du VPD d'ici une heure ou deux pour que je puisse la soumettre à des tests plus poussés. En attendant, je n'ai trouvé aucune trace de sang, aucun objet suspect, aucun signe que le véhicule ait servi à transporter quelqu'un contre son gré. Il est peu probable que je trouve la moindre empreinte sur le pneu dégonflé ou sur la carrosserie à cause de la pluie qui est tombée la nuit dernière, mais je compte bien essayer cet après-midi.

Elle montre du doigt une photo du 4 x 4 de Brad Stokes.

– Côté ranger, j'ai fait plusieurs prélèvements sur son véhicule, et comme pour celui de Rachel, je n'ai rien décelé de suspect. Son 4 x 4 est idéal pour transporter un corps et l'abandonner dans un endroit isolé, mais les seules empreintes digitales que j'ai trouvées à l'intérieur appartiennent toutes à Brad Stokes. Quant aux fibres que j'ai prélevées sur ses vêtements, elles ne seront utiles que si on peut les comparer à ce que Rachel portait quand elle a disparu. Là non plus :

aucune trace de sang. Enfin, le 4 x 4 ne semble pas avoir été nettoyé récemment. Il y a des traces de boue sur les portières et l'intérieur du véhicule contient toutes sortes d'éléments organiques : feuilles, terre, gravier, etc. Ce qui n'est guère étonnant à bord d'un véhicule tout-terrain utilisé par un ranger des Parks & Forests. J'ai prélevé des échantillons et je les ai envoyés au labo du VPD. Avec leurs banques de données, ils devraient pouvoir établir d'ici quelques heures s'ils proviennent bien de la forêt du Lighthouse Park ou si le ranger a récemment été dans un autre endroit. Gardant en mémoire que dans ce cas, la pluie joue en notre faveur, puisque toutes les traces sur la carrosserie du 4 x 4 sont par définition « récentes ».

Elle montre du doigt l'une des photos sur laquelle le pneu dégonflé de la Honda a été pris en gros plan.

– Juste un dernier détail… Le pneu a été dégonflé *avant* qu'il ne pleuve : il n'y a aucune trace de boue dans les reliefs du caoutchouc. Ce qui confirme que la voiture de Rachel a bien passé la soirée sur le parking du Lighthouse Park.

– Tu penses qu'il y a la moindre chance que…

Je m'arrête en voyant le portable de Nick vibrer sur la table et je lui fais signe de décrocher. Sans perdre une seconde, il sort de la pièce en s'excusant pendant que je reprends ma question.

– Connie… Tu penses qu'il y a la moindre chance que le pneu ait été dégonflé par accident ?

– Non. C'était un pneu plutôt neuf. Aucune trace de crevaison. Il a bien été dégonflé, volontairement.

– OK...

Je réfléchis vite pour planifier au mieux les heures qui vont suivre.

– Tu veux procéder comment à partir de là ?

– J'aimerais pouvoir étudier la Honda plus en détail dès qu'elle sera transférée et, en attendant, m'occuper de l'appartement de Mark Bauer ou de celui de Rachel. Tu es pour l'instant la seule personne à les avoir vus.

Je décèle une pointe de frustration dans ces propos, comme si elle avait l'impression d'avoir été mise à l'écart, et j'essaie de lui répondre en la remettant autant que possible en confiance.

– Je pense que l'appartement de Mark est prioritaire. J'ai fait sceller l'endroit et demandé à un officier du VPD de monter la garde devant jusqu'à ce que tu arrives. Je me suis aussi assurée que Mark ne touche à rien pendant que j'étais là. Son appartement est entièrement à toi. Tu peux procéder comme tu le souhaites une fois sur place.

Sa réponse est immédiate.

– Merci. Je m'en occupe.

Je la regarde s'asseoir en espérant que ma dernière remarque l'aura rassurée – même si rien dans son attitude ne l'indique – et alors que je m'apprête à mettre fin à cette réunion, Nick rentre soudain dans la pièce. Triomphant.

– Bonne nouvelle. C'était le ranger du Nelson Canyon. Il sait où se trouve le refuge de Fred Kazynski et nous attend sur le parking de la forêt pour nous montrer le chemin. Et devinez quoi ? Il s'agit d'un bâtiment qui appartient à l'État, qu'il squatte de façon illégale depuis plusieurs années. Ce qui veut dire que nous n'avons pas besoin de mandat pour le fouiller, ou pour arrêter toute personne qui se trouverait à l'intérieur.

– Excellent…

Je me lève et je donne mes dernières instructions en rassemblant mes affaires.

– Keefe, continue à chercher un maximum d'informations sur Rachel et sur nos trois principaux suspects. Si tu trouves la moindre information supplémentaire sur Fred Kazynski, appelle-nous. Et si jamais les parents de Rachel venaient à recevoir une demande de rançon, je veux que ce soit toi qui t'en occupes et qui agisses comme officier de liaison entre eux et toute influence extérieure : police, médias, représentants politiques, etc. Connie, priorités numéro 1 : l'appartement de Mark Bauer et la voiture de Rachel. Si tu as le temps, j'aimerais aussi que tu jettes un coup d'œil aux photos que j'ai prises dans l'appartement de Rachel, et surtout dans sa chambre. Juste au cas où j'aurais raté quelque chose d'important. Nick et moi allons essayer d'interroger Fred Kazynski, ou à défaut, fouiller au moins son refuge. Des questions ?

Ils me répondent tous « non » et je sors de la pièce en regardant une dernière fois la photo de Fred Kazynski accrochée sur le tableau blanc. En me demandant à quoi il peut maintenant bien ressembler...

8.

– Neil Finn.

Le ranger du Nelson Canyon se présente en me serrant la main et son sourire franc et poli est un véritable
soulagement après celui plein de sous-entendus de
Brad Stokes.

Je me retourne pour donner la parole à Nick et il se
lance sans perdre une seconde.

– Monsieur Finn, est-ce que vous pouvez nous donner toutes les informations que vous avez sur le refuge
dans lequel habite Fred Kazynski ?

– Bien sûr. C'est une vieille bâtisse en bois qui ser-
vait autrefois aux gardes forestiers de la région. En gros,
quatre murs de planches plus ou moins pourries qui forment une pièce dans laquelle il y a un lit, une table et
un minuscule coin cuisine. Les toilettes sont à l'extérieur, à une dizaine de mètres. Il y a un point d'eau mais
pas d'électricité. C'est mieux que de dormir à la belle
étoile, mais il n'y a absolument aucun confort. L'endroit

est humide toute l'année et il y fait plutôt froid l'hiver. Mais apparemment, cela n'a pas l'air de gêner Kazynski.

– Vous le connaissez ?

– Oui. Même si le mot «connaître» est un peu fort dans son cas. Je le vois régulièrement. Je lui demande toujours comment il va, ou s'il a besoin de quelque chose. Parfois, je lui donne un peu d'argent. Ou de quoi manger… Mais c'est tout.

– Son dossier militaire indique qu'il a reçu un entraînement physique poussé et qu'il est capable d'actes particulièrement violents. Vous pensez que c'est toujours le cas ?

Il hésite et Nick lui laisse tout le temps dont il a besoin pour réfléchir.

– C'est difficile à dire… Personnellement, je n'ai jamais eu le moindre problème avec lui. Il a toujours été un peu bizarre, mais il n'a jamais montré le moindre signe d'agressivité à mon égard. Ceci étant je sais que ce n'est pas le cas avec tout le monde…

– Comme ?

– Comme par exemple d'autres rangers des Parks & Forests…

– Vous savez avec qui il avait des problèmes ?

– Oui. Mais je préférerais ne pas donner de noms.

– Monsieur Finn, comme vous le savez, une jeune femme a disparu dans la forêt du Lighthouse Park hier soir et il est possible que Fred Kazynski ait quelque chose à voir avec cette disparition.

– Pourquoi ?

– Parce que l'un de vos collègues, Brad Stokes, a déclaré l'avoir vu près de la voiture de la jeune fille en question.

– Comme c'est bizarre…

Le ranger semble regretter le ton sarcastique qu'il vient d'utiliser et Nick saute de suite sur l'occasion.

– J'en déduis que Brad Stokes fait partie de ceux qui n'appréciaient guère la présence de Kazynski dans les forêts de la région…

– C'est le moins qu'on puisse dire… Il a même essayé de le faire expulser à plusieurs reprises. Parce qu'il n'était pas en droit d'occuper ce bâtiment.

– Et Fred Kazynski le savait ?

– Oui.

Pendant un bref instant, j'imagine un nouveau scénario : Fred Kazynski qui enlève Rachel pour essayer d'en rejeter la responsabilité sur Brad Stokes. Ou vice-versa.

Et je ne suis pas surprise d'entendre Nick explorer lui aussi cette nouvelle possibilité. Aussi peu probable soit-elle.

– Vous pensez que Fred Kazynski, ou Brad Stokes, sont capables d'enlever une jeune fille ?

Cette fois-ci, le ranger n'hésite pas une seconde.

– Je n'en ai pas la moindre idée. Spontanément, je dirais non. Mais je dois aussi admettre que Kazynski réagit parfois de façon imprévisible, et que Brad n'est plus exactement le même depuis son divorce. Il se comporte souvent comme une bombe à retardement. Comme s'il avait des tonnes d'agressivité à décharger et qu'il essayait désespérément de garder le contrôle. Mais de là à enlever quelqu'un, il y a un grand pas...

Nick me regarde pour me passer le relais. Parfaitement conscient que c'est maintenant à moi de décider de la meilleure marche à suivre. Une règle hiérarchique qu'il respecte toujours au pied de la lettre.

– Monsieur Finn. Nous aimerions parler à Fred Kazynski... Vous savez où il est actuellement ?

Le ranger hésite avant de me répondre. Comme si ma question avait touché un point sensible.

– Non... Je ne l'ai pas vu aujourd'hui.

– C'est normal ?

– Non. Pas vraiment...

– Vous pensez qu'il y ait une possibilité qu'il soit dans son refuge, en ce moment même ?

– Je ne suis pas sûr. Et c'est justement là le problème... D'habitude, quand je passe le matin, tous les volets sont ouverts et Kazynski est dans le coin. Mais ce matin, les volets étaient fermés, et quand j'ai essayé de voir s'il était à l'intérieur, il n'a pas répondu... Ce qui n'est pas du tout son genre...

Je sens mon taux d'adrénaline monter.

– Vous savez s'il est armé ?

– Aucune idée. Mais je dirais a priori non. Il n'est pas du genre à avoir besoin d'une arme pour se défendre, et il n'a pas grand-chose à défendre, si vous voyez ce que je veux dire.

– Vous pouvez nous indiquer la position exacte de son refuge sur un plan ?

– Sans problème. Suivez-moi.

Il nous fait signe de nous avancer vers son 4 x 4 – exactement le même que celui de Brad Stokes – et déplie une carte détaillée du Nelson Canyon sur le capot. Une forêt à quelques kilomètres à peine de celle du Lighthouse Park. Mais complètement différente : sauvage et interdite au public.

– Pour y aller, il vous suffit de prendre le petit sentier qui part sur la droite du parking et de marcher pendant environ dix-quinze minutes. Le refuge de Kazynski est juste à côté de ce ruisseau, dans une zone de forêt particulièrement dense, mais vous ne pouvez pas le rater.

Je réalise que nous sommes sur le point d'entrer dans un univers hostile pour essayer d'appréhender un homme auquel le même qualificatif peut s'appliquer. Pas exactement le scénario idéal.

Je remercie le ranger en lui demandant de rester sur place par mesure de sécurité, et je me dirige avec Nick vers nos deux véhicules – jeep du CSU pour lui, Volvo pour moi – pour attraper nos gilets pare-balles…

Et ensemble, nous nous engageons en silence sur le sentier censé nous mener au « domicile » d'un de nos principaux suspects…

Quand le refuge de Fred Kazynski apparaît enfin dans mon champ de vision, ma première pensée est que la description que Neil Finn nous en a faite était bien plus que généreuse.

Les planches « plus ou moins pourries » dont il nous a parlé sont toutes vertes de moisissure et le bâtiment est entouré d'une végétation tellement épaisse que notre suspect pourrait être absolument n'importe où, sans que nous ayons la moindre chance de le repérer.

Je fais signe à Nick de parcourir comme moi les quelques mètres qui nous séparent du refuge en courant, Beretta braqué vers la porte d'entrée. Et avec des gestes répétés tellement de fois qu'ils en sont devenus complètement mécaniques, je me lance avec lui dans notre procédure d'assaut classique.

Il se plaque contre la façade du refuge, sur la droite.

Je fais exactement la même chose, sur la gauche.

Il étend le bras, et frappe plusieurs fois sur la porte du refuge avec le canon de son pistolet tout en lançant d'une voix ferme :

– Monsieur Kazynski ! Mon nom est Nick Ballard ! Je travaille pour la police de Vancouver ! Ouvrez !

Il attend quelques instants.

Rien. Pas le moindre signe de vie.

Je regarde nerveusement la forêt qui nous entoure. De plus en plus mal à l'aise dans cet univers sans repère qui semble se refermer sur nous.

– Monsieur Kazynski ! Nous avons l'autorisation de fouiller votre refuge ! Si vous êtes à l'intérieur, veuillez sortir ! Immédiatement ! Les mains en l'air !

Toujours rien.

Nick me regarde pour que je valide officiellement l'étape suivante : rentrer de force dans le bâtiment.

Une décision que je prends à contrecœur, consciente qu'elle peut nous mettre tous les deux en sérieux danger.

Je lui donne le feu vert en hochant la tête et tout s'enchaîne à une vitesse hallucinante.

Nick ouvre la porte d'un violent coup de pied et se précipite à l'intérieur du refuge.

– POLICE !

J'entre à mon tour, et alors que mes pupilles essaient de s'adapter à l'obscurité, une silhouette surgit soudain dans l'angle de mon champ de vision.

Juste derrière Nick.

Et après ça, tout n'est plus qu'une série de sensations qui se télescopent.

Je pivote pour braquer mon arme sur la silhouette.

Mais pas assez vite.

Je vois quelque chose s'écraser violemment contre la tempe de Nick, et son corps s'écrouler soudain au sol comme une marionnette dont on viendrait de couper tous les fils.

Je sens le pied de Kazynski s'écraser contre mes mains et la douleur qui explose dans mes doigts me fait immédiatement lâcher prise.

Je vois le Beretta tomber au sol comme au ralenti.

Je sens soudain la poitrine de Kazynski s'écraser contre la mienne et me plaquer violemment contre le mur.

J'arrive in extremis à relever un genou et à le repousser momentanément, à faire connecter mon coude droit avec son menton.

Mais le répit n'est que de courte durée.

En un éclair, son avant-bras est collé contre ma gorge et me plaque de nouveau contre le mur avec une violence inouïe.

J'essaie de le repousser de toutes mes forces, de lutter contre la pression insupportable qu'il exerce contre ma trachée, mes poumons, mes épaules. Mais rien n'y fait.

Dans un dernier effort, je concentre toute mon énergie sur un seul et unique mouvement. Plaquer un pied contre le mur et essayer de faire levier pour repousser mon agresseur en utilisant tous les muscles de mon corps. Mais il sent de suite le mouvement et me décoche un coup de genou dans la cage thoracique qui me fait hurler de douleur

Il fait un pas en arrière et me regarde glisser jusqu'au sol. Incapable de respirer. Incapable de voir ou de sentir autre chose que cette insupportable sensation d'asphyxie qui menace de me faire perdre connaissance

J'essaie désespérément de reprendre mon souffle. De me relever. Mais mon univers tout entier est dominé par la douleur et le manque d'oxygène.

Je repense à Nick inconscient sur le sol…

À nos armes que Kazynski peut utiliser à volonté…

Et je me force à me redresser en m'attendant au pire. À me retrouver nez à nez avec le canon de mon Beretta tenu par Kazynski. À recevoir un coup encore plus violent que le précédent pour avoir osé me relever.

Mais rien de cela ne se passe.

Je lève les yeux et la scène que je découvre me prend totalement par surprise.

Immobile devant moi, Fred Kazynski est en train de me regarder comme un gamin qui vient de découvrir une nouvelle espèce d'insecte. Avec une curiosité un peu méfiante. La tête légèrement penchée sur le côté.

Les traits de son visage sont à peine visibles derrière une barbe de plusieurs semaines et des cheveux sales qui lui descendent jusqu'aux épaules. Et la seule chose que je peux parfaitement voir sont ses yeux. Noirs. Perçants. Qui me dévisagent avec une intensité effrayante.

Je fais un effort surhumain pour avaler une bouffée d'air et essayer de communiquer verbalement avec lui. Les bras serrés autour de la poitrine. Des fourmillements plein les doigts. Le manque d'oxygène rendant chaque syllabe incroyablement difficile à articuler.

– Nous voulons juste… vous… parler… Vous n'avez… rien… à craindre…

Deux phrases qui me laissent haletante. Incapable de reprendre mon souffle.

Exaspérée de ne pas pouvoir contrôler une réaction physique aussi simple que celle de respirer, je me force à me relever complètement et à écarter les bras de ma poitrine.

Un geste qui fait brusquement sortir Kazynski de sa torpeur.

Je le regarde, horrifiée, s'avancer de nouveau vers moi et j'essaie de me préparer mentalement et physiquement à un nouvel échange violent dans lequel il aura en toute vraisemblance de nouveau le dessus. Mon corps encore loin d'être remis du dernier coup qu'il m'a donné.

Je jette un coup d'œil vers mon Beretta. Bien trop loin pour que je puisse l'attraper sans que Kazynski intervienne. Et alors que j'essaie sans grand succès de serrer les poings pour me défendre…

Je vois soudain Nick se relever derrière lui.

Lentement.

Silencieusement.

Son arme de nouveau entre les mains.

Je garde mes yeux braqués sur Kazynski dans l'espoir de le distraire, de donner à Nick une chance de reprendre le contrôle de la situation, et en une poignée de secondes, les choses changent du tout au tout.

Kazynski lève soudain les bras en l'air avant même que Nick ait eu le temps de lui dire quoi que ce soit, et se met à parler d'une voix calme, à la limite de la provocation.

– Je sais que vous êtes derrière moi, monsieur Ballard, et j'imagine que vous êtes de nouveau armé… Vous pouvez me tirer dessus si vous le voulez, mais je pense que vous aurez beaucoup de mal à justifier la légitime défense avec une trajectoire pareille… Sans compter que votre collègue est dans votre ligne de tir, et qu'avec la force d'un Beretta, à cette distance, vous savez autant que moi que la balle a toutes les chances de traverser mon corps et d'aller finir sa course dans celui de votre partenaire. C'est donc à vous de décider…

Je laisse pour la première fois mon regard glisser de Kazynski à Nick et je découvre avec horreur que le côté droit de son visage est couvert de sang.

Comme s'il pouvait sentir mon inquiétude, il me fait de suite signe que ça va et se met en position de tir parfaite. Les jambes écartées. Le Beretta fermement tenu à deux mains, braqué sur la nuque de Kazynski.

– Monsieur Kazynski… Suivez exactement mes instructions, et il n'arrivera rien à personne… Posez les mains sur la nuque et croisez vos doigts…

Sans la moindre hésitation, Kazynski obéit.

– Maintenant faites deux pas en arrière, dans ma direction… Et mettez-vous à genoux… Lentement… Une jambe après l'autre…

Nick me regarde à son tour, inquiet, et je hoche la tête pour lui faire comprendre que tout va bien avant de me baisser pour ramasser avec difficulté mon arme sur le sol.

Le coup de Kazynski ne m'a peut-être pas sérieusement blessée, il ne va pas moins en laisser des traces.

J'attrape le Beretta et il me faut plusieurs secondes pour arriver à le caler correctement entre mes doigts encore engourdis. Puis je le braque sur Kazynski qui est maintenant à genoux à mi-chemin entre Nick et moi.

– Tu l'as ?

Je fais signe à Nick que oui, et je le regarde s'approcher de notre suspect.

– Monsieur Kazynski, mettez maintenant vos deux mains en bas du dos… Lentement… Sans faire de mouvements brusques…

Kazynski s'exécute et Nick lui passe les menottes aux poignets, avec des gestes beaucoup plus nerveux qu'à l'ordinaire.

Puis il me fait signe qu'il a les choses en main, et alors que je sors mon téléphone portable pour appeler des renforts, quelque chose attire soudain mon attention. Posé sur la table de la pièce.

Lentement, je m'approche…

Mon arme braquée vers le sol…

Et je m'arrête net en voyant l'objet posé entre deux assiettes sales.

Un trousseau de clés de voiture.

Avec un long porte-clés sur lequel sont gravés deux mots en lettres rouges.

FREE TIBET.

9.

– Tu es sûre que ce sont les clés de Rachel ?
– Oui. À 99,9 %.

Je fais signe à Nick de s'adosser à la portière de la jeep et j'essaie d'ignorer la frénésie d'activité qui nous entoure pour pouvoir me concentrer à fond sur son arcade sourcilière.

Sur ma droite, je peux voir les officiers du VPD appelés en renfort faire monter Kazynski dans un camion de transfert et je suis presque surprise de ne pas le voir se débattre comme un animal sauvage que l'on essaierait de faire rentrer de force dans une cage. Depuis sa réaction dans le refuge, il n'a pas montré le moindre signe d'agressivité, et le calme absolu dont il fait preuve maintenant est en complet contraste avec la violence extrême dont il a été capable tout à l'heure.

Je ne sais toujours pas s'il est responsable ou non de la disparition de Rachel, mais je suis absolument certaine que son dossier militaire ne mentait pas : il est effectivement capable de neutraliser un être humain sans avoir besoin de la moindre arme.

J'entends les portières du camion se refermer et je le regarde s'éloigner jusqu'au dernier moment. Comme si détourner mon regard de Fred Kazynski, ne serait-ce qu'une seconde, pouvait nous remettre tous les deux en danger.

Puis je plaque ma main droite sur la poitrine de Nick pour lui montrer que je suis sérieuse et qu'il n'a pas intérêt à bouger.

– Reste ici. Je reviens.

J'ouvre le coffre de la jeep et je sors la trousse de secours que je pose sur le capot du véhicule.

Adossé contre la portière, Nick me regarde faire. Exaspéré.

– Tu vas quand même pas en faire un drame, Kate ? C'est juste une coupure.

Sans même me donner la peine de lui répondre, j'attrape plusieurs compresses désinfectantes et je me plante devant lui, en grimaçant devant la quantité de sang qui recouvre le côté droit de son visage et qui imbibe maintenant les fibres du col de son T-shirt.

– Ferme les yeux.

Il me regarde. Confus.

– Quoi ?

– Nick. Ton visage est couvert de sang. Tu as une lacération d'au moins trois centimètres juste au-dessus de l'arcade sourcilière. Soit tu me laisses nettoyer la plaie et poser quelques points de suture en papier dessus, soit je t'amène direct aux urgences.

Il sourit.

– C'est plus fort que toi, hein ? Tu ne t'es toujours pas remise d'avoir un diplôme de médecine et de ne pas pouvoir l'utiliser ? Du coup, dès que tu as un cobaye sous la main tu es prête à inventer n'importe quoi pour ne pas le lâcher, c'est ça ?

Mon passé d'étudiante en médecine est une source sans fin de plaisanteries au sein de mon équipe.

Je souris à mon tour et je le vois fermer les yeux en soupirant.

– OK. Mais tu as cinq minutes, pas une de plus. Et j'espère que tu n'as pas oublié le b-a-ba des premiers secours depuis toutes ces années.

– Aucun risque.

Délicatement, je passe plusieurs compresses sur son visage et sur son cou en faisant apparaître dans leurs sillages une chair gonflée et déjà teintée de violet.

– Nick, tu vas avoir un bleu pas possible...

– Excellent... Ça va ajouter une touche rustique à mon look parfait de cow-boy Marlboro...

Malgré les efforts qu'il fait pour détendre l'atmosphère, je le vois grimacer légèrement alors que je commence à nettoyer son arcade sourcilière. Et en voyant la profondeur de la plaie, je réalise qu'il lui faudra plusieurs vrais points de suture. Quelque chose que je n'ai pas particulièrement envie de lui annoncer...

– Mauvaise nouvelle Nick. Je vais refermer la plaie du mieux que je peux, mais il va quand même falloir que tu ailles aux urgences. Désolée… Il ne t'a vraiment pas raté…

À la mention de Kazynski, je sens son corps se raidir et je profite de l'occasion pour revenir sur l'incident du refuge tout en continuant mes soins.

– Au fait, merci pour tout à l'heure. Sans ton intervention, Kazynski aurait probablement réussi à me décocher bien plus qu'un simple coup de genou dans les côtes.

– Tu parles…

Il serre fort les yeux et les nerfs de sa mâchoire se mettent à palpiter dans le creux de ses joues.

– … Ce qui s'est passé est entièrement de ma faute… Il était de mon côté. C'était à moi de le voir et de le maîtriser. C'est à cause de moi qu'il a réussi à te désarmer et à te plaquer contre le mur. Et vu l'état dans lequel tu étais quand je me suis relevé, c'était bien plus qu'un « simple » coup de genou qu'il t'a filé. Je te connais. Tu es parfaitement capable de te défendre contre une ceinture noire d'un mètre quatre-vingts. Ce mec est une vraie machine à tuer…

– Je sais. Et la vraie question, c'est de savoir pourquoi il s'est arrêté là. J'étais à ses pieds, pliée en deux, incapable de reprendre mon souffle, complètement à sa merci… Il aurait pu m'achever d'un simple coup de pied bien placé, ou récupérer mon 9 mm sur le sol.

Mais à la place, il m'a juste regardée comme une bête curieuse. Je crois honnêtement qu'il avait plus peur qu'autre chose, que sa réaction était une sorte d'instinct d'autodéfense. Soit parce qu'on était sur son territoire, soit parce qu'il avait quelque chose à cacher…

Je passe un dernier coup de désinfectant sur la plaie.

– Voilà. Fini. Cinq minutes. Pas une de plus… Comme promis.

Il ouvre de nouveau les yeux et je suis surprise de voir la vulnérabilité qu'il y a dans son regard. Nick est une sorte de menhir émotionnel qui considère l'expression de tout sentiment comme un signe de faiblesse. Et c'est la première fois que je le vois aussi affecté sur le terrain.

– Peu importe. J'aurais dû le voir arriver… C'était à moi de l'arrêter… Je suis désolé.

J'essaie de le rassurer autant que possible. Quelque chose que je n'ai encore jamais eu à faire avec lui.

– Écoute… Tu viens de le dire toi-même. Kazynski a été programmé pendant des années et des années pour se comporter de cette façon. Sans réfléchir. Il aurait été de mon côté, cela aurait été exactement pareil. Il a réagi comme un animal qui se sent en danger, et personne n'aurait pu mieux faire. On est tous les deux OK, et on a Kazynski sous les verrous. Si c'est lui qui a enlevé ou attaqué Rachel, on a maintenant une bonne chance d'en savoir plus. Sans compter ce que Connie peut trouver dans son refuge.

Il n'a toujours pas l'air convaincu.

– Nick… Au pire, j'aurai un bleu de la taille du Texas sur les côtes, et toi quatre ou cinq points de suture sur le front que, je n'en doute pas, tu arriveras à utiliser pour te faire bichonner par Martha en rentrant ce soir à la maison. Quant à savoir qui est officiellement « responsable » de ce qui vient de se passer, la réponse est simple. C'est moi qui dirige cette enquête et qui aurais dû organiser un raid plus musclé. Ce qui est arrivé est autant de ma faute que de la tienne, OK ?

– OK.

Il touche machinalement les points de papier qui hachurent maintenant son arcade sourcilière et fait nerveusement quelques pas devant lui, comme pour évacuer un peu de tension, et mettre fin une bonne fois pour toutes à cette conversation.

– On y va ?

Je hoche la tête.

– Donne-moi juste deux minutes.

Je m'avance vers la jeep de Neil Finn dans laquelle je lui ai demandé de nous attendre, et en me voyant approcher, le ranger sort du véhicule avec des mouvements presque félins. Comme s'il voulait ne pas déranger la nature qui nous entoure. À l'opposé total de Brad Stokes.

– Vous avez besoin d'aide ?

Il me dévisage des pieds à la tête, inquiet, et je vois son regard s'arrêter sur le sang que j'ai sur les mains.

– Vous êtes blessée vous aussi ?

– Non. Mais il faut que j'amène mon collègue aux urgences. Je voulais juste vous remercier une dernière fois avant d'y aller.

– Vous voulez que je m'en occupe ? Je veux dire, amener votre collègue aux urgences. Si vous avez autre chose à faire ?

Je regarde ma montre et je visualise mentalement les différents endroits où j'aimerais être au plus vite.

Passer à la maison pour me changer et ne plus avoir à sentir l'odeur de Kazynski qui me colle encore au corps. Aller en ville pour l'interroger au commissariat central. Et retourner au CSU pour faire le point avec Connie et Keefe.

J'accepte donc l'offre du ranger.

– Ce serait vraiment super. Vous êtes sûr que cela ne vous dérange pas ?

– Non. Pas du tout. Les urgences du Lions Gate ne sont qu'à une vingtaine de minutes d'ici.

– Merci. Je préférerais que quelqu'un l'accompagne. Juste au cas où.

– Pas de problème. Et vraiment désolé… Je n'en reviens toujours pas que Kazynski vous ait attaqués. J'étais vraiment sûr qu'il n'était pas dangereux. Je ne vous ai pas menti, tout à l'heure…

– Je sais. Je crois qu'on l'a juste surpris. Ne vous inquiétez pas, on s'en est tous sortis sans trop de dégâts et vos informations nous ont été très utiles. Merci.

Je lui serre la main et la douleur que je ressens dans les doigts est là pour me rappeler la férocité dont est capable Fred Kazynski.

Puis je me retourne pour aller rejoindre Nick et lui expliquer ce que je viens de décider.

En sachant à l'avance qu'il ne va pas du tout aimer mon plan.

10.

Je gare la Volvo devant la maison et j'essaie d'ignorer les diverses sensations désagréables qui harcèlent mon cerveau.

L'odeur de Kazynski toujours collée à mes vêtements.

Les traces du sang de Nick séché sur mes doigts.

Les fourmillements que j'ai encore dans la main gauche.

Et la pire de toutes. Cette sensation de dégoût latente que j'ai au fond de l'estomac depuis ce matin. Véritable épée de Damoclès qui donne à tout ce que je vis une dimension totalement différente depuis des heures et des heures. Parce que pendant que je suis là, à respirer la brise océanique qui s'engouffre à travers la fenêtre ouverte, Rachel est peut-être ligotée quelque part. À quelques kilomètres à peine. Seule. Terrorisée. Et que ses chances de survie dépendent en grande partie de mon travail et de celui de mon équipe.

Une pensée qui me fait claquer la portière derrière moi de frustration et monter les marches de la maison quatre à quatre.

Je ferme les yeux en sentant l'eau chaude glisser le long de mon corps, l'odeur de Kazynski maintenant dans les bulles de savon bouillonnantes à mes pieds.

Je repense au bleu qui a déjà commencé à mûrir juste au-dessus de ma hanche gauche et je trace machinalement la cicatrice que j'ai depuis des années sur le ventre avec le pouce. Sans y penser. Comme on joue distraitement avec une mèche de cheveux.

Puis je place mon visage en plein sous le jet de la douche pour pouvoir sentir les gouttes d'eau s'écraser contre ma peau le plus fort possible. Et ne plus penser qu'à cette sensation pendant les quelques secondes qui suivent.

Je m'habille et je descends vite dans la cuisine. J'ouvre le frigo et j'attrape une canette de Coca glacée et un sandwich prêt à consommer en vérifiant au passage la date imprimée sur son emballage plastique.

Et je m'arrête net en réalisant soudain qu'on est le 21 septembre. Et que j'ai oublié.

Furax, j'attrape le téléphone et je compose le numéro de Janet d'une main, tout en enfilant une veste polaire de l'autre... Et après seulement deux sonneries, j'entends la voix de Claire qui me répond.

– Allô, résidence Forbes…

Je plisse les yeux en entendant son ton jovial. Contrariée comme pas possible d'avoir une fois de plus laissé mon métier prendre le dessus sur ma vie privée.

– Allô, la puce ? C'est Kate.

Je m'attends à un petit silence. À un signe d'hésitation dans sa voix. À une touche de déception dans ses paroles. Mais à la place, elle se lance dans une de ses longues histoires sans la moindre pause dont seuls les enfants ont le secret.

– Kate ! Tu devineras jamais quoi ! J'ai gagné le sprint pour mon équipe ce matin ! On était en dernière position au troisième passage de relais et quand ça a été à mon tour de courir, j'ai regardé tout droit devant moi et j'y suis allée à fond ! Et là, je les ai tous avalés comme des fourmis ! Promis. J'en croyais pas mes yeux ! Et tu sais pas quoi ? On a gagné une coupe pour l'équipe et une énorme médaille chacun… En or ! Une médaille presque aussi grosse que la gamelle de Trooper !

Je souris en pensant à Trooper, un chien presque aussi haut que Claire. Et à sa gamelle, qui doit bien faire trente centimètres de diamètre.

– Tu aurais dû voir ça, Kate ! C'était vraiment trop super !

Elle fait une petite pause et j'en profite vite pour caser la phrase que j'aurais préféré ne jamais avoir à lui dire.

– Je suis vraiment désolée d'avoir raté ça Claire...

Il y a un bref silence et je sais que Claire est déçue, qu'elle a dû me chercher du regard dans la foule de parents et d'amis jusqu'au dernier moment... Mais je sais aussi qu'elle fera tout pour ne pas me le faire sentir.

– C'est pas grave, Kate, ne t'inquiète pas... Maman m'a dit que tu devais avoir beaucoup de travail aujourd'hui... Trop de travail pour venir me voir.

J'encaisse le coup avec difficulté.

En silence.

– Mais devine quoi ? Papa a tout filmé ! Tu peux donc venir voir la cassette quand tu veux ! Ce soir, par exemple...

Il y a un brin d'hésitation dans sa voix, comme si elle savait déjà que ma réponse allait être négative. Et pour la deuxième fois dans la même journée, je m'entends décevoir l'une des personnes qui comptent le plus dans ma vie.

– Ce soir, je ne peux pas... Re-désolée... Mais tu parles que je veux la voir, ta cassette ! Surtout le passage où tu avales tes copains de classe comme des fourmis !

Elle rigole et j'en profite pour continuer sur ma lancée. Son rire encore plus précieux aujourd'hui que n'importe quel autre jour.

– Et ta médaille grosse comme une gamelle, tu vas la prêter à Trooper ou pas ?

– Ça va pas, la tête ? ! ? Elle est en or ! Je vais quand même pas m'en servir pour mettre des boulettes de chien dedans !!

Je ris à mon tour et j'entends soudain la voix de Janet qui s'approche du téléphone.

– C'est Kate ?

– Oui.

– Tu me la passes ?

– OK…

Claire me dit au revoir en me faisant promettre de passer voir dès que possible la cassette de son sprint légendaire, et sa voix est remplacée par celle de sa mère.

– Ça va ?

– Désolée pour ce matin, je...

Janet me coupe immédiatement la parole.

– Ne t'inquiète pas. Claire comprend ce genre de choses. Je lui ai dit que tu devais travailler sur une enquête très importante. Tu as été assignée à la disparition de la fille du sénateur, c'est ça ?

– Oui.

– J'ai vu ça aux infos… Ça se passe comment ?

– Difficile.

Mon incapacité à parler d'une affaire en cours est une chose à laquelle mes proches sont habitués depuis longtemps. Le seul moyen que j'ai trouvé pour arriver à avoir un semblant de vie privée « normale ».

Je regarde ma montre et je réalise qu'il est déjà 15:00.

– Écoute, je suis vraiment désolée… Je dois y aller… Je peux te rappeler plus tard ?

– Pas de problème.

105

Je sais qu'elle est en train de sourire à l'autre bout du fil et mon taux de frustration baisse soudain de plusieurs degrés. Cela fait près de quinze ans qu'on se connaît – on a fait nos études de médecine ensemble – et je peux maintenant finir certaines de ses phrases avant elle, deviner ce qu'elle ressent juste en la regardant dans les yeux, savoir ce dont elle a besoin sans qu'elle n'ait rien à dire…

– Au fait, tu as passé la matinée avec Jeff ??

Elle éclate de rire.

– C'est une longue histoire… Claire voulait voir son père et on avait des papiers à signer…

– Tu me racontes en détail quand on se rappelle ?

– Tu peux compter dessus. Et fais gaffe à toi, OK ?

Des mots que Janet utilise toujours pour conclure. Un réflexe d'amie et de responsable des urgences du Lions Gate Hospital, l'un des plus grands hôpitaux de la ville, qui ne connaît que trop bien la fine ligne qui existe entre vie et mort – et la rapidité avec laquelle une journée en apparence normale peut se terminer en tragédie.

11.

Quand j'arrive dans la salle d'interrogation haute sécurité du commissariat central, les officiers du VPD ont déjà tout préparé pour moi.

Fred Kazynski est menotté – poignets et chevilles – et une chaîne le maintient assis de force à une table en métal fixée au sol avec de gros boulons. Immobile. Et même si le voir enchaîné comme ça me met immédiatement mal à l'aise, je dois aussi admettre que je suis plutôt soulagée de pouvoir l'interroger sans avoir à constamment surveiller ses gestes.

Je traverse la pièce et je m'assois face à lui, en le dévisageant lentement.

Avec la blouse orange qu'il porte maintenant et ses cheveux sales attachés en queue de cheval, il a l'air très différent de l'homme qui nous a attaqués tout à l'heure dans la forêt. On peut voir les traits de son visage : un nez busqué qui donne l'impression d'avoir été cassé plus d'une fois, des pommettes saillantes et une mâchoire rectangulaire, impressionnante par sa largeur.

Mais ses yeux sont toujours les mêmes.

Toujours aussi sombres.

Toujours aussi perçants.

Et on peut facilement deviner que Fred Kazynski a dû être un soldat redoutable. Non seulement en raison de l'entraînement qu'il a reçu, mais aussi en raison de son apparence physique imposante, effrayante…

Il me regarde sans rien dire, les yeux braqués sur moi, la poitrine légèrement penchée vers l'avant.

– Comment vont les côtes, agent Kovacs ?

Sa voix est basse. Menaçante. Et je peux voir sa langue glisser le long de ses dents comme celle d'un reptile qui salive en apercevant une nouvelle proie.

Je lui réponds avec un calme absolu.

– Bien. Rien de cassé.

– C'est parce que j'ai fait attention. Si je l'avais voulu, j'aurais pu vous tuer, vous et votre collègue, d'un simple revers de la main.

De ça, j'en suis absolument certaine.

– Pourquoi nous avez-vous attaqués ?

– Vous étiez chez moi.

– Votre refuge a été construit sans permis, sur un terrain qui appartient à l'État.

– Et ?

– Cela nous donnait le droit de le fouiller sans votre accord. Et sans mandat.

– Vous avez trouvé quelque chose d'intéressant ?

– Oui. Des clés.

Je sors un petit sac en plastique de la poche de ma veste dans lequel se trouve le trousseau de clés de Rachel, et je le glisse au milieu de la table pour que Kazynski puisse le voir sans pouvoir cependant le toucher.

– Elles ne m'appartiennent pas. Je les ai trouvées cette nuit dans la forêt du Lighthouse Park.

– Où, exactement ?

Il ne répond pas.

– À quelle heure ?

– Je ne sais pas. Cela fait longtemps que je ne porte plus de montre.

– Environ ?

– Il devait être autour de minuit. Le Park était fermé depuis un bon moment.

– Qu'est-ce que vous faisiez là-bas ?

– Je marchais.

– Alors que le Park était fermé ?

– Je ne marche *que* quand le Park est fermé.

– Pourquoi ?

Il essaie de s'avancer vers moi et j'entends le bruit métallique des chaînes qui l'en empêchent.

– À votre avis ? Vous avez lu mon dossier, non ?

– Oui. Mais c'est à vous que je le demande. Pas à vos anciens supérieurs militaires.

– Excellent… Première bonne réponse, agent Kovacs !

J'avale la remarque condescendante sans rien dire et je le laisse continuer sur sa lancée.

– Parce que l'armée américaine semble savoir absolument tout sur tout. C'est elle qui décide quand votre vie vaut la peine d'être mise en danger. Où, quand, pourquoi… C'est elle qui décide si vous êtes encore juste assez dérangé pour pouvoir partir en mission suicide au fin fond d'un obscur golfe du Proche-Orient – ou trop dérangé pour faire partie de l'élite militaire de votre nation. C'est elle qui décide qu'un jour vous êtes devenu un tueur un peu trop dangereux. Et après ça, elle se lave les mains de ce qui suit. Elle recrute de nouveaux adolescents pleins de rêves de gloire et de médailles et recommence exactement la même chose avec eux.

Il fait une petite pause.

– Vous savez, agent Kovacs, ce que cela fait de devenir un risque pour les gens qui vous entourent à cause du métier que vous faites ?

Je ne lui réponds pas. À la place, je reprends là où il en était resté.

– On vous a offert un soutien médical et psychologique après votre départ de l'armée. Pourquoi l'avez-vous refusé ?

– Vous m'imaginez parlant à un psychologue du moment où j'ai dû trancher la gorge d'un soldat ennemi ? En pleine nuit ? Sans jamais avoir même vu son visage ?

– Monsieur Kazynski… Vous avez souffert et souffrez probablement encore de choc post-traumatique. Quelque chose d'incroyablement difficile à gérer. Même avec l'aide de spécialistes.

– Jusqu'à cet après-midi, je le gérais plutôt bien.

– En vivant à l'écart de tous et de tout ? En marchant en pleine nuit dans des forêts désertes ?

– Oui.

– Vous savez que je peux vous arrêter pour suspicion d'enlèvement, rien qu'avec les clés qu'on a trouvées dans votre refuge ?

– Oui. Mais vous perdriez votre temps. Parce que je n'ai absolument rien à voir avec la disparition de la fille du sénateur.

– Comment vous savez que son père est sénateur ?

Il ne me répond pas.

– Monsieur Kazynski, si vous savez quoi que ce soit sur la disparition de Rachel Cross, vous pouvez nous aider à la retrouver en vie…

– Je n'ai rien d'autre à vous dire.

À ce moment précis, je sais qu'il ment.

– Monsieur Kazynski, si vous avez vu quoi que ce soit…

Il se jette soudain en avant dans ma direction et le bruit de la chaîne qui se tend au maximum me fait presque sursauter.

Instantanément, je me raidis sur ma chaise et j'essaie de ne pas lui montrer la peur que je ressens.

– Agent Kovacs…

Sa voix est de nouveau reptilienne. Les veines de son cou tendues. Son visage rouge vif.

– … Si j'avais été témoin de l'enlèvement ou du meurtre de Rachel Cross, vous pensez sérieusement que je vous le dirais ? Moi, l'ex-Navy Seal aux tendances schizo-phréniques et à l'entraînement de tueur qui vit dans un refuge en pleine forêt ? Vous pensez qu'un jury hésiterait longtemps à mettre quelqu'un comme moi derrière les bar-reaux ? Vous pensez que votre sénateur multimillionnaire aurait la largeur d'esprit de me considérer comme un citoyen « normal » ? Ou qu'il m'utiliserait comme bouc émissaire pour venger la mort de sa fille unique ?

– Rien n'indique que Rachel Cross a été tuée.

– Sauf que la dernière fois que je l'ai vue, sa vie ne tenait qu'à un fil.

Et comme la coquille d'une huître qui se referme brusquement, le corps entier de Fred Kazynski se transforme en une statue de muscles.

Je vois les os de sa mâchoire se verrouiller, ses épaules reculer et ses yeux se mettent à fixer un point dans le vide. Obstinément.

Et je sais que je ne tirerai plus rien de lui aujourd'hui. Qu'aucune de mes questions ne fera le poids contre l'entraînement qu'il a dû recevoir pour résister à des séances de torture, voire à celles qu'il a peut-être subies sur le terrain.

Je me lève et je sors de la pièce. Sans un mot. Avec une seule chose en tête : la dernière phrase qu'il vient de prononcer. Convaincue qu'il ne mentait pas et qu'il a réellement vu Rachel hier soir dans la forêt.

12.

Je sors de la salle d'interrogation et je découvre trois messages sur mon portable.

Nick : « Le conducteur du 250 m'a rappelé. Je suis encore avec Neil Finn. Contacte-moi dès que possible. »

Connie : « Tu peux passer me voir au labo dès que tu as fini avec Kazynski ? »

Keefe : « 1) George et Sylvia Cross t'attendent à l'hôtel Hyatt Regency vers 17:00. 655 Burrard Street. Chambre 602. 2) J'ai aussi du nouveau sur Brad Stokes et je l'ai fait venir au CSU. Confirme que tu peux passer l'interroger après avoir parlé aux parents Cross. »

J'envoie de suite un message à Keefe : « OK 1 & 2. », puis je compose le numéro de Nick tout en appuyant sur la touche de l'ascenseur pour essayer de rejoindre Connie au plus vite dans les sous-sols du commissariat.

– Détective Ballard.

– Kate. Tout va bien ?

– Attends… Donne-moi une seconde…

Je l'entends dire au revoir et merci à quelqu'un, claquer une portière, puis marcher sur du gravier avant de reprendre. Et j'en déduis qu'il vient de se faire déposer sur le parking du Nelson Canyon par Neil Finn.

– Kate ? C'est bon, tu peux y aller…

– Tout va bien ? Tu es allé à l'hosto ?

– Oui. Cinq points de suture flambant neufs et rien de cassé.

– Sûr ?

– Oui. Je les ai même laissé faire une radio. Juste au cas où. Pour que tu sois *complètement* rassurée.

Je ne peux m'empêcher de sourire.

– Excellent.

Il y a un nouveau claquement de portière et je l'imagine maintenant à bord de la jeep du CSU.

– Tu as du nouveau ?

– Oui. Le conducteur du bus m'a appelé il y a environ une demi-heure. Il a effectivement vu quelque chose hier soir – ou plus exactement deux choses.

Je devine au ton de sa voix qu'il ne s'agit pas de détails mineurs et je laisse la porte de l'ascenseur s'ouvrir et se refermer devant moi. Sans rien faire.

– Tout d'abord, il se rappelle avoir vu un jeune un peu « bizarre » monter à bord de son véhicule. Mèches rouges dans les cheveux, piercing sur l'arcade sourcilière, vêtements branchés… Pas exactement le genre de personne qui fréquente d'habitude le Lighthouse Park ou qui habite dans le coin. Il s'en rappelle parce que le jeune en question était particulièrement agité. « Hyperactif », pour continuer à utiliser ses mots. J'ai demandé à Keefe de lui envoyer par e-mail une photo de Mark Bauer et il est positif à 99 % : c'était bien le jeune qu'il a vu.

– Il se rappelle de l'heure ?

– Oui. Environ 20:00.

Je me passe la main dans les cheveux en fermant les yeux. Furax d'avoir autant sous-estimé Mark Bauer ce matin.

– Et ce n'est pas tout…

Nick fait une petite pause avant de continuer. Comme pour me prévenir que la seconde chose qu'il vient de découvrir est encore plus importante que la première.

– Le chauffeur se rappelle aussi avoir vu une jeep des Park & Forests s'engager à fond la caisse sur Marine Drive. Au croisement de 31st Street. À moins de 100 mètres du domicile de Brad Stokes…

– À quelle heure ?

– Environ minuit.

– Quoi ? Il en est sûr ?

– Oui. À 100 %. J'ai vérifié les horaires de la ligne. Le dernier bus part bien de Downtown Vancouver à 23:40 pour passer devant West Bay vers minuit.

– Il a vu qui conduisait ?

– Non. Le véhicule roulait tous feux éteints.

– Sur Marine Drive ?

La route est non seulement sinueuse mais aussi particulièrement sombre de West Bay jusqu'à Horseshoe Bay.

– Oui. C'est une des raisons pour lesquelles le chauffeur s'en souvient aussi bien. La jeep allait dans la même direction que lui : Lighthouse Park – Eagle Harbour – Horseshoe Bay. Mais elle roulait tellement vite qu'il l'a perdue de vue quasiment de suite.

– Ce qui veut dire qu'elle a théoriquement pu s'engager sur la voie d'accès du Lighthouse Park à quelques kilomètres de là ?

– Oui. Ou sur n'importe quelle autre route qui coupe Marine Drive après West Bay…

J'appuie de nouveau sur la touche de l'ascenseur. Avec beaucoup plus de force que nécessaire.

– Est-ce que le chauffeur est prêt à identifier formellement Mark Bauer si nécessaire ?

– Oui.

– Et à raconter son incident avec la jeep ?

– Aussi. Mais la jeep pouvait appartenir à n'importe quel ranger des Park & Forests de la région. J'ai vérifié : ils utilisent tous des modèles identiques, et il y en a douze en service actuellement rien qu'à West Vancouver. Sans preuve matérielle, le témoignage du chauffeur n'ira pas loin…

– OK. Je dois rejoindre Connie au labo, puis passer voir les parents de Rachel et interroger Brad Stokes. Apparemment, Keefe a du nouveau. Tu peux être au bureau d'ici une heure ou deux pour qu'on refasse le point ?

– Sans problème. Je passe d'abord me changer et je vous y retrouve.

– OK. À plus.

Je raccroche et je laisse vite un autre message à Keefe pour lui demander de faire mettre Mark Bauer en garde à vue et de ne surtout pas laisser Brad Stokes quitter le CSU.

Puis j'attends que la porte de l'ascenseur veuille bien se décider à s'ouvrir. En réalisant que Mark Bauer n'est probablement pas la seule personne à m'avoir menti ce matin.

Quand j'arrive dans le labo, Connie est debout devant une grande table en Plexiglas couverte de documents.

Et en sentant ma présence, elle se redresse immédiatement.

– Ça va ?

Il me faut quelques secondes pour comprendre le sens de sa question.

Kazynski.

Sa réaction dans le refuge.

Et le fait qu'elle ne m'ait pas revue depuis.

Je me force à lui répondre. Mal à l'aise comme d'habitude à l'idée d'avoir à livrer la moindre information personnelle, aussi minuscule soit-elle.

– Oui. Juste un bleu. Rien de grave.

Je change vite de sujet.

– OK. Qu'est-ce que tu as ?

– Plusieurs choses…

Elle me montre du doigt les différents documents posés devant elle : photos, empreintes digitales, résultats d'analyses, etc.

– Tout d'abord, j'ai trouvé des empreintes digitales qui n'appartiennent pas à Rachel sur la Honda. À l'extérieur du véhicule.

– Je croyais que c'était impossible à cause de la pluie ?

– Moi aussi. Mais elles étaient sous l'un des essuie-glaces, à l'abri, sur l'une des bandes de caoutchouc hermétiquement collées contre le pare-brise…

Elle me montre une fiche de comparaison et d'identification d'empreintes digitales.

– … Et elles appartiennent à Mark Bauer.

– Quoi ??

Une fois de plus, je me maudis intérieurement de l'avoir sous-estimé ce matin. Une erreur qui semble s'avérer de plus en plus grave au fil des heures.

Je sens Connie me regarder fixement et je me demande si elle peut deviner ce que je ressens… Si elle aussi me considère comme étant la personne qui a potentiellement laissé filer l'un de nos principaux suspects.

Mais elle enchaîne sans faire la moindre remarque.

– Quant à l'appartement de Mark Bauer, j'ai réussi à y passer une bonne heure avant que tu m'appelles pour m'occuper du refuge de Kazynski. J'ai trouvé une dizaine de grammes de marijuana dans son sac de sport, mais rien d'autre. Pas d'autres drogues, pas d'arme à feu, pas de traces suspectes... À en croire l'endroit dans lequel il habite, Mark Bauer n'a absolument rien à voir avec la disparition de sa petite amie.

– Est-ce qu'il y a la moindre chance que ses empreintes datent de plusieurs jours ? Qu'il les ait laissées en s'occupant de l'entretien de la voiture de Rachel, comme il le faisait souvent ?

– Non. Elles auraient disparu au premier coup d'essuie-glace. Et il a plu plusieurs fois hier. Pendant la journée, et pendant la nuit.

Connie me regarde droit dans les yeux et cette fois-ci, je suis sûre qu'elle peut y lire la frustration et la contrariété que je ressens.

– Kate... Même si tu avais trouvé les quelques grammes de marijuana que Mark Bauer avait chez lui ce matin, tu n'aurais pas pu le mettre en garde à vue. C'est une quantité beaucoup trop faible pour interpeller qui que ce soit. Encore moins quelqu'un comme lui qui n'a pas de casier judiciaire. On n'aurait même pas pu obtenir un mandat pour fouiller son appartement avec une quantité pareille. Grâce à ton approche, on a au moins pu avoir ses clés sans avoir rien à faire.

– Sauf que « grâce » à mon approche, c'est le seul de nos suspects encore en liberté.

De nouveau, je change vite de sujet pour éviter que la conversation ne dérape.

– OK. Et du côté de Brad Stokes ? Tu as quelque chose ?

– Oui. Et c'est de loin l'indice le plus étrange que j'ai trouvé jusqu'à présent…

Elle glisse une page de résultats d'analyses devant moi. Des lignes et des lignes de symboles et de chiffres qui décrivent la composition exacte de différents produits.

– Tu te souviens des échantillons que j'ai prélevés ce matin sur sa jeep et des différents éléments organiques que j'ai trouvés à l'intérieur ?

– Oui.

– Eh bien, ils viennent tous comme prévu du Lighthouse Park. Feuilles, écorce, gravier, etc. Mais l'un d'entre eux ne colle pas avec le reste… Des traces de H_2ONaCl que j'ai retrouvées sur le siège conducteur.

– De l'eau de mer ?

– Exactement. J'ai vérifié avec l'un des chercheurs du laboratoire d'études maritimes de Marine Drive, à moins d'un kilomètre du Lighthouse Park. Et les prélèvements d'eau de mer qu'ils font régulièrement le long de la côte de West Vancouver ont exactement le même pH, taux de calcium, iode, magnésium, et autres éléments, que celui que j'ai retrouvé dans la jeep du ranger. En soi, rien de bien exceptionnel. Il est tout à fait possible que Brad Stokes se soit retrouvé au bord de l'océan pendant une de ses tournées et qu'il ait été exposé à des embruns, ou qu'il se soit fait surprendre par une vague. Mais le problème, c'est que les traces que j'ai trouvées sont très récentes – moins de vingt-quatre heures – et que je les ai retrouvées uniquement sur le repose-tête du siège conducteur. Nulle part ailleurs. Comme si Brad Stokes avait eu les cheveux trempés par de l'eau de mer. Mais pas le reste du corps…

– Ou qu'il ait changé de vêtements après avoir été trempé, mais qu'il n'ait pas eu le temps, ou les moyens, de se sécher les cheveux.

– C'est aussi ce que je pense… Et les prélèvements que j'ai faits sur les vêtements qu'il portait ce matin contenaient encore des particules de détergent. Ils sortaient direct d'un sèche-linge et n'étaient portés que depuis quelques heures. Sauf sa casquette. Sur laquelle j'ai aussi trouvé des traces d'eau de mer…

J'ajoute ces informations à celles que Nick vient de me donner et je les range pour plus tard dans un coin de mon cerveau.

Puis je me reconcentre sur Connie.

– Enfin, j'ai passé le refuge de Kazynski au peigne fin. Ce qui n'a pas été trop difficile vu le peu de choses qu'il y avait à l'intérieur… Je n'ai pas encore tous les résultats, mais les clés sont bien celles de la Honda. J'en ai profité pour mettre le contact et voir si la voiture était en état de marche. Et c'est bien le cas. À part le pneu dégonflé, il n'y avait aucun problème. Démarrage immédiat, réservoir aux trois quarts plein, niveau d'huile parfait, bougies nickels. Malgré son apparence extérieure, c'est un véhicule parfaitement entretenu. Mais à part les clés, je n'ai rien retrouvé d'autre dans le refuge qui pourrait lier Fred Kazynski à Rachel.

Elle hésite avant de continuer. Manifestement consciente que c'est un sujet sur lequel je ne préférerais pas revenir.

– Les seules traces de sang que j'ai retrouvées à l'intérieur appartiennent à Nick… Et les fibres synthétiques, capillaires et dermiques que j'ai prélevées sur l'un des murs sont probablement les tiennes ou celles de Kazynski…

Elle fait une nouvelle pause.

De plus en plus mal à l'aise.

– Le seul problème, c'est que quand j'ai voulu accéder à ton dossier médical, je suis tombée sur un barrage de sécurité du FBI… Complètement infranchissable…

Je pose les deux mains à plat sur la table pour essayer de dissimuler la réaction physique violente que les paroles de Connie viennent de déclencher en moi. Puis j'enchaîne vite, en espérant qu'elle n'ait rien remarqué.

– C'est normal. Demande à Keefe. Mon profil ADN et mes empreintes digitales doivent être dans un des dossiers qu'il a sur moi. C'est bien tout ce dont tu as besoin ?

– Oui.

Connie semble être aussi soulagée que moi de pouvoir clore le sujet aussi rapidement, et malgré mon cœur qui tambourine à l'intérieur de ma poitrine, j'essaie de continuer le plus naturellement possible.

– Il faut que j'y aille… J'ai rendez-vous avec les parents de Rachel et je dois ensuite retourner au bureau pour interroger Brad Stokes. Tu peux me laisser un message si tu as du nouveau ?

– OK. Pas de problème.

– Et merci. Tu as vraiment fait du bon boulot.

Je sors de la pièce et je compose le numéro de Keefe, surprise de l'entendre me répondre avant même la fin de la première sonnerie.

– Keefe, c'est Kate. Le VPD a bien réussi à interpeller Mark Bauer ?

– Non. J'allais justement t'appeler. Il n'est pas à l'adresse qu'il t'a donnée.

– Quoi ?

– Il travaille bien au magasin de location de Denman Street comme il te l'a dit, mais il est parti il y a plusieurs heures. J'ai essayé son portable. Pas de réponse. Et l'officier du VPD qui garde son appart ne l'a pas vu non plus.

Je me plaque de dos contre le mur du couloir.

Livide de colère et de frustration.

– OK… Je dois passer voir les parents de Rachel. Essaie de localiser Mark Bauer. Tu as bien toujours Brad Stokes avec toi ?

– Oui. Ne t'inquiète pas. Il pense qu'il est là de son plein gré pour t'aider. Mais j'ai assez de choses sur lui pour le mettre en garde à vue officielle si jamais l'envie de partir lui prenait. Quoi qu'il arrive, Brad Stokes est à nous pour la nuit. Même s'il ne le sait pas encore.

– Tu peux t'assurer que personne ne lui parle avant que je revienne ?

– C'est déjà fait. Il t'attend dans une des salles de réunion, seul.

– Merci. À plus.

Je raccroche et je me prépare à affronter les parents de Rachel Cross qui m'attendent dans leur chambre d'hôtel. Avides de bonnes nouvelles que je suis loin de pouvoir leur donner.

13.

HÔTEL HYATT REGENCY
655 BURRARD STREET
17:00

Quand j'arrive devant le Hyatt Regency, le centre-ville de Vancouver est déjà passé en mode nuit. La circulation est fluide, les silhouettes qui se croisent sur les trottoirs n'ont pas l'air très pressées et les tours de verre qui longent Burrard Street sont déjà perforées de-ci de-là par de petits rectangles de lumière.

Le soleil est peut-être encore loin de s'être couché, mais la ville semble déterminée à entamer son samedi soir aussi tôt que possible.

Je me gare devant la façade de l'hôtel – une paroi de verre sur laquelle se découpent deux portiers en uniforme – et je prends quelques instants pour observer la vie qui défile autour de moi.

L'enseigne d'une pizzeria qui clignote frénétiquement pour attirer ses premiers clients de la soirée… Un cycliste qui frôle ma portière sans même remarquer ma présence à bord du véhicule… Un jeune couple qui s'embrasse tendrement au pied d'un immeuble…

Une expérience un peu irréelle qui me donne l'impression d'être à cheval entre deux mondes qui coexistent sans le savoir. Au même moment. Au même endroit. D'être entourée de gens qui vaquent nonchalamment à leurs occupations, alors qu'à quelques étages de là, des parents attendent anxieusement des nouvelles de leur fille dont le corps est peut-être déjà en train de se décomposer au fin fond d'une forêt...

Je frappe à la porte de la chambre 602 et je montre mon badge au jeune officier du VPD qui m'ouvre.
– Agent Kovacs, CSU.
Puis je m'avance le plus lentement possible vers le salon en essayant d'enregistrer un maximum de détails sur les deux personnes qui m'y attendent.

Assise en boule dans le sofa, Sylvia Cross a les yeux rouges de quelqu'un qui a pleuré pendant des heures. Elle s'est enveloppée dans un immense châle aux couleurs sombres et, en voyant ses yeux fixés dans le vide, je devine qu'elle est probablement sous l'effet de calmants plutôt puissants.

Derrière elle, son mari est en train de faire les cent pas, un verre de whisky à la main : du Single Malt à en croire la bouteille posée à côté du téléviseur. Il a les mâchoires serrées, un regard brûlant de colère et la démarche tendue de quelqu'un qui meurt d'envie de donner des coups de pied à travers la pièce. Mais qui ne le peut pas. Tout simplement parce que ces choses-là ne se font pas.

À le voir du hall d'entrée, on dirait un animal en cage, prêt à sauter à la gorge de la première personne qui oserait croiser son chemin. En l'occurrence moi.

J'entre dans le salon et Sylvia Cross est la première à remarquer ma présence. Elle me fixe du regard et la détresse qu'il y a dans ses yeux me prend littéralement à la gorge. Elle espère que je sois porteuse de bonnes nouvelles et je prends de suite mon visage le plus sombre pour lui faire comprendre que c'est malheureusement loin d'être le cas.

Puis, je me blinde mentalement une dernière fois et je me présente.

– Bonsoir. Agent Kovacs, CSU. Je suis la personne responsable de l'enquête sur la disparition de votre fille.

Je m'approche de Sylvia Cross en lui faisant signe de ne pas se lever et je lui serre la main. Malgré mon attitude sans équivoque, elle ne peut pas s'empêcher de me poser la seule question qui a la moindre importance pour elle.

– Vous avez retrouvé Rachel ?

– Non… Je suis désolée…

Je me tourne vite vers George Cross pour ne pas rester une seconde de plus sur le visage déformé par l'anxiété de sa femme.

– Monsieur Cross…

À ma grande surprise, il hésite avant de me serrer la main. Son regard se met à me dévisager des pieds à la tête, comme s'il voulait d'abord décider si j'étais vraiment la meilleure personne pour mener l'enquête sur la disparition de sa fille. Et malgré moi, je me mets à imaginer ce qu'il doit bien penser. Femme. Trop jeune. Pas d'uniforme… Et je sens instinctivement mon corps se raidir.

En temps normal, je suis rarement impressionnée par les personnes que je rencontre dans mon métier, que ce soient des témoins, des victimes, des criminels… Mais là, j'ai soudain l'impression d'avoir 8 ans et de me retrouver face à mon père. Même rigidité, même froideur, même tension à fleur de peau difficilement contrôlée sous un extérieur de gentleman.

De fait, il y a longtemps que j'ai appris à classer les hommes violents en deux catégories : la brute épaisse qui ne fait aucun effort pour cacher les pulsions qui l'animent, et le père de famille aux chaussures cirées et à la cravate impeccablement nouée, genre volcan endormi. Inoffensif vu de l'extérieur mais bouillant de magma à l'intérieur. Prêt à exploser à tout moment. Et le sénateur rentre définitivement dans la seconde catégorie.

Après une poignée de secondes qui me semblent durer une éternité, il se décide enfin à me serrer la main en répétant mon nom, avec un brin de sarcasme dans la voix.

– Agent Kovacs…

Puis il me fait signe de prendre place dans l'un des fauteuils en cuir de la pièce tandis qu'il s'assoit aux côtés de son épouse – et qu'il reprend immédiatement le contrôle de la situation.

– Vous êtes donc l'agent qui n'a toujours rien trouvé sur la disparition de notre fille.

Son attaque est directe. Comme un coup d'épée qui ouvre un duel en visant directement le cœur.

– Non. Pas exactement... Nous avons rassemblé de nombreux indices depuis ce matin. Mais nous n'avons malheureusement rien de définitif pour l'instant.

– Ce qui revient à dire que vous n'avez toujours rien trouvé. Et ce, après combien de temps, agent Kovacs ? Près de vingt-quatre heures ?

– Monsieur Cross... Vous devez bien comprendre que des dizaines de personnes travaillent en ce moment sur la disparition de votre fille et que tous les moyens possibles ont réellement été mis en œuvre pour essayer d'établir ce qu'il lui est arrivé.

– Comme ?

– L'analyse de preuves matérielles et les témoignages de différentes personnes avec qui elle a été en contact juste avant de disparaître.

– J'en déduis donc que vous avez interrogé le punk avec qui elle sortait ?

– Vous voulez dire Mark Bauer ?

– À votre avis ?

L'irritation qu'il y avait dans sa voix au début de notre conversation s'est maintenant transformée en une hostilité ouverte. Directe. Personnelle.

Je décide pourtant de ne pas relever son dernier commentaire afin de ne pas envenimer encore plus les choses.

– Oui. Nous l'avons interrogé ce matin. Chez lui.

– Et ?

– Rien. Il n'y avait rien dans son appartement, ou sur le parking du Lighthouse Park qui indique qu'il ait organisé ou participé à l'enlèvement de Rachel.

Je fais une petite pause avant de continuer, pleinement consciente que ma prochaine phrase ne va rien faire pour calmer la colère de mon interlocuteur.

– Nous savons par contre que lui et Rachel se sont parlé plusieurs fois hier soir au téléphone… et qu'ils se sont disputés juste avant que Rachel ne disparaisse.

– Quoi ? ! ?

Le sénateur se lève et se remet à faire les cent pas à travers la pièce, en ponctuant ses phrases de grands mouvements de bras dans ma direction.

– Vous avez rencontré Mark Bauer… Vous avez vu son look de petite frappe… Vous savez qu'il a parlé à Rachel hier soir et qu'ils se sont disputés juste avant qu'elle ne disparaisse… Et vous osez me dire que rien n'indique qu'il ait quelque chose à voir dans la disparition de ma fille ? !

Son index reste braqué sur moi.

Accusateur.

Tremblant de colère.

– Non. Je n'ai jamais dit ça. J'ai dit que nous n'avions pour l'instant aucune *preuve* qui indique qu'il soit de près ou de loin impliqué dans sa disparition.

– Vous pensez donc qu'il a quelque chose à voir avec la disparition de Rachel, mais vous ne pouvez pas encore le prouver ?

– Non plus...

Je me passe la main dans les cheveux pour essayer de contrôler la vague de frustration que je sens monter en moi depuis le début de cet échange, et je ferme les yeux pendant quelques instants pour essayer de garder mon calme.

– Écoutez... Je comprends à quel point cette situation doit être intolérable pour vous deux...

Il ne me laisse même pas finir.

– Vraiment ??

Immédiatement, je sens mon cœur s'emballer dans ma poitrine parce que je sais exactement la question qu'il va me poser et la conclusion qu'il va en tirer. Et que mon blindage émotionnel est loin d'être à toutes épreuves.

– Vous avez des enfants, agent Kovacs ?

– Non.

Trois lettres qui séparent deux univers bien différents.

– Alors n'essayez pas de me faire croire que vous pouvez comprendre !! Vous ne pouvez pas savoir ce que cela fait de recevoir un coup de téléphone qui vous annonce soudain la disparition d'un être qui vous est cher... D'imaginer que vous n'entendrez peut-être plus jamais le son de sa voix... Que vous n'aurez peut-être plus jamais l'occasion de le voir sourire, de le prendre dans vos bras… De savoir qu'à un moment donné, à un instant précis, vous n'étiez pas là pour lui… Que vous n'étiez pas là pour le protéger…

Je baisse les yeux pendant qu'il continue sur sa lancée, la voix déformée par la colère.

– Alors, je vous le demande, agent Kovacs, pourquoi n'avez-vous pas encore arrêté Mark Bauer ?

J'hésite à lui dire la vérité, à l'informer de la « disparition » de Mark Bauer, et dans le blanc qui suit, il perd complètement patience.

– De toute façon, cela ne fait aucune différence. J'ai déjà pris les choses en main.

Il se rassoit et me regarde droit dans les yeux. Défiant.

Et je comprends soudain ce qui vient de se passer. Je comprends que je ne suis qu'un pion à ses yeux, un élément négligeable dans un jeu d'échecs qu'il pense pouvoir contrôler tout seul, comme il pense pouvoir contrôler la vie de sa femme, de sa fille et probablement d'une bonne partie des gens qui l'entourent. Car je ne vois qu'une seule explication logique à son dernier commentaire, et je la formule à voix haute.

– Vous avez reçu une demande de rançon, c'est ça ?

– Oui.

Je n'en reviens pas. Cela fait des heures et des heures que des dizaines de personnes travaillent d'arrache-pied pour essayer de retrouver et de remettre dans l'ordre les morceaux du puzzle géant que représente la disparition de sa fille, et il a « omis » de nous communiquer l'une des pièces les plus importantes de toutes : Rachel n'a pas juste « disparu ». Elle a été enlevée.

– Vous avez reçu une demande de rançon et vous n'avez rien dit à la police ??

– C'est exact.

Je suis livide.

Je vois sa femme s'enfoncer encore plus dans le sofa, comme un gamin qui a peur de se faire frapper dessus, et je dois faire des efforts surhumains pour arriver à garder mon sang-froid.

– Quand ?

– Je ne peux pas vous en dire plus…

Sans perdre une seconde, j'attrape mon téléphone portable, que j'ai laissé posé sur la table basse qui nous sépare, et en un éclair, la main du sénateur se pose violemment sur la mienne.

– Ne faites pas ça.

Pour la première fois, je décèle quelque chose de désespéré dans sa voix, mais je ne suis pas pour autant prête à me laisser impressionner.

– Monsieur Cross, veuillez enlever votre main.

Mon ton est sans appel. Sec. Autoritaire.

– S'il vous plaît, agent Kovacs… Laissez-moi finir… Vous ne comprenez pas…

Il relève sa main et ses yeux sont soudain brillants, sa voix un peu tremblante.

Immédiatement, je sens mon instinct naturel me pousser à le rassurer, à voir en lui le père au bord des larmes, prêt à tout pour essayer de sauver sa fille. Mais ce sont mes réflexes de flic qui reprennent vite le dessus et me poussent à exploiter la situation. À reprendre le contrôle de cette conversation et à utiliser la faiblesse temporaire du sénateur pour essayer d'obtenir les informations dont j'ai désespérément besoin.

– Monsieur Cross. Vous avez cinq minutes pour m'expliquer exactement ce qui s'est passé, avant que j'appelle mes collègues.

Du coin de l'œil, j'aperçois Mme Cross se mettre à pleurer en silence, alors que son mari se décide enfin à continuer.

– J'ai reçu un SMS sur mon téléphone portable ce matin… Comme quoi Rachel avait été enlevée et que si je voulais la revoir en vie, je devais payer une rançon. Sans rien dire à la police, sans quoi…

Sa voix se brise et j'en profite pour l'interrompre. Mon attitude maintenant à la limite de celle d'un prédateur.

– Je peux voir le message ?

– Non. Je l'ai effacé. Cela faisait partie des conditions du ou des ravisseurs.

– Vous vous souvenez de l'heure à laquelle vous avez reçu le message en question ?

– Oui. 11:20, heure Côte Est

08:20 pour nous. L'heure à laquelle j'étais en train d'interroger Brad Stokes sur le parking du Lighthouse Park.

– Quelles étaient les autres conditions ?

Le sénateur hésite à nouveau et je peux imaginer sans problème ce qu'il est en train de ressentir. Il est pris dans une sorte de partie de roulette russe où chaque nouvelle information qu'il me communique peut s'avérer être en fin de compte celle qui tuera ou qui sauvera sa fille. Une responsabilité énorme qui doit être incroyablement difficile à supporter, même sur les épaules d'un homme politique et d'un businessman de sa stature.

– Monsieur Cross… Je sais que vous voulez tout faire pour retrouver votre fille le plus vite possible. Mais vous devez aussi savoir que la majorité des cas d'enlèvements avec demande de rançon se soldent par la mort de la victime une fois que la rançon a été payée… C'est un fait. Jouer le jeu des ravisseurs est de loin la tactique la plus dangereuse qui soit… C'est quelque chose que vous devez déjà savoir…

Je m'arrête net en entendant les sanglots de Mme Cross redoubler soudain d'intensité. Ce ne sont plus juste des pleurs d'inquiétude. Ce sont les pleurs d'une mère qui vient d'identifier le corps de son enfant sur la plaque en métal d'un tiroir de morgue.

Et je me rends à l'évidence.

– Vous avez déjà payé la rançon.

Le sénateur hoche tout simplement la tête pour acquiescer.

– Quand ?

– Il y a six heures.

– Comment ?

– Le message contenait un numéro de compte en banque sur lequel je devais verser 5 millions de dollars avant 04:00 cet après-midi, heure locale. Heure à laquelle Rachel devait être libérée saine et sauve…

Je ne sais pas quoi leur dire. Je regarde machinalement l'horloge accrochée au mur du salon – 17:15 – et je lutte contre un sentiment de nausée qui commence à monter en moi. Sans piste sérieuse et avec la rançon déjà payée depuis plusieurs heures, les chances de retrouver Rachel vivante sont maintenant quasi-nulles.

Quelque chose que ses parents savent désormais aussi bien que moi.

14.

Je regarde les membres de mon équipe assis devant moi autour de la table de réunion et je peux voir sur leurs visages le même mélange de colère et de fatigue que je ressens.

– OK…

Je pose les deux mains à plat sur la table et je me lève, en parlant d'une voix sûre et posée. Déterminée à utiliser toute l'énergie positive qu'il me reste et à assumer pleinement mon rôle de leader.

– Partons du principe que Rachel Cross est toujours en vie, que son ravisseur n'a pas l'intention de la tuer, ou qu'il n'a pas encore eu l'occasion de le faire.

Je commence par essayer d'éliminer le maximum de points d'interrogation qui pèsent encore sur notre enquête.

– Keefe ? George Cross affirme avoir reçu la demande de rançon à 8:20, alors que j'étais en train d'interroger Brad Stokes sur le parking du Lighthouse Park. Est-ce que le ranger a pu malgré cela envoyer un message au sénateur à ce moment précis ?

– Oui. Il a pu composer son message à l'avance et appuyer discrètement sur une touche de son portable pour l'envoyer sans que tu puisses le voir, ou programmer un envoi en différé grâce à un système de messagerie sur Internet. Il peut aussi avoir un complice plus ou moins impliqué dans l'affaire qui a envoyé le message à George Cross pendant qu'il te parlait ce matin. Peut-être même qu'il l'a fait à ce moment précis pour brouiller les pistes... Quant au téléphone, il a probablement utilisé un portable à carte, payé cash, qu'il a ensuite jeté ou détruit. Totalement impossible à identifier.

– Et l'argent de la rançon ?

– C'est la première chose que j'ai vérifiée. Là aussi pas la moindre traçabilité. Il a été versé sur un compte en banque suisse, puis transféré immédiatement sur un autre compte dont on ignore tout. J'attends toujours un mandat pour pouvoir fouiller la maison de Brad Stokes et avoir accès à son ordinateur. Mais tout cela risque de prendre des heures...

– Tu penses qu'il y a des chances que l'on retrouve des indices sur son disque dur ?

– Possible. Mais pas garanti. Ça dépend de son niveau en informatique et du type de transactions qu'il a effectuées.

– Tu as réussi à avoir accès à son compte en banque ?

– Oui. Ou plus exactement à *ses* comptes en banque. Brad Stokes est un homme qui vit bien au-dessus de ses moyens depuis son divorce. Il a plusieurs cartes de crédit dans le rouge.

– De beaucoup ?

– Oui. On parle ici de dettes quasiment impossibles à rembourser avec un salaire d'employé des Parks & Forests.

Je me tourne vers Nick.

– Qu'est-ce que tu penses de la jeep que le chauffeur du 250 a vue sur Marine Drive ?

– Je ne suis pas sûr… Si c'était bien la jeep du ranger, on peut supposer qu'il est ressorti de chez lui pour se débarrasser du corps de Rachel, ou se rendre dans l'endroit où il la retient prisonnière.

Connie intervient.

– Sauf que rien n'indique que son véhicule ait servi à transporter le corps de Rachel.

Je pense soudain à un autre scénario.

– Nick ? Est-ce que Brad Stokes a pu utiliser la jeep d'un autre ranger hier soir ?

– Non. J'ai vérifié avec le directeur des Parks & Forests de Vancouver. Chaque véhicule est clairement attribué à un seul ranger. Carte grise, assurance, numéro de service… Tout est enregistré sous un seul nom. À moins que Brad Stokes ait agi avec un complice qui était lui aussi ranger, aucune chance. Par contre, il a parfaitement pu utiliser un autre véhicule dont on ne sait encore rien pour transporter Rachel.

– OK. Brad Stokes reste en haut de notre liste de suspects. Il connaissait bien l'emploi du temps de Rachel, il a pu retrouver le portable qu'elle a perdu dans la forêt et avoir ainsi accès au numéro de George Cross, et le Lighthouse Park n'a plus aucun secret pour lui… Fred Kazynski ?

Je sens un léger flottement dans la pièce. La preuve que l'incident de cet après-midi n'a pas laissé que des traces physiques.

Je réponds donc à ma propre question.

– Après ce qui s'est passé dans son refuge, il est inutile de préciser qu'il est parfaitement capable de maîtriser et d'enlever quelqu'un comme Rachel. Il connaît aussi plusieurs forêts de la région comme sa poche et il est plus que capable de transporter physiquement un corps, à pied, pour pouvoir le déplacer et le cacher sans laisser la moindre trace. En grande partie grâce à l'entraînement qu'il a reçu, mais aussi grâce à la pluie qui est tombée la nuit dernière. Même si on retrouve des traces d'ADN appartenant à Fred Kazynski et à Rachel Cross dans la forêt, cela ne nous amènera à rien, vu qu'ils fréquentaient tous les deux l'endroit régulièrement. Ceci étant, malgré son passé et son état mental, je pense vraiment que Fred Kazynski n'a rien à voir avec la disparition de Rachel. Il a peut-être vu quelque chose, voire a été témoin de l'agression dont elle a été victime, mais il n'a pas le profil du kidnappeur que l'on recherche.

Je vois Nick me foudroyer du regard et j'essaie vite de rectifier le tir.

– Fred Kazynski est *bien* un homme violent et dangereux, mais il ne nous a pas attaqués cet après-midi dans le refuge parce qu'il avait quelque chose à cacher. Je pense honnêtement qu'il a juste eu peur. Qu'il a réagi de façon instinctive.

Je change vite de sujet.

– Dernier scénario possible : notre coupable est Mark Bauer. Il était sur le parking du Lighthouse Park hier soir, ce que l'on sait grâce aux empreintes que Connie a retrouvées sur la Honda et au témoignage du chauffeur de bus. Le scénario le plus probable est qu'il a pris le bus pour rejoindre Rachel au Lighthouse Park, juste après qu'elle a quitté son appartement. Qu'il l'a appelée du bus vers 19:00, puis du parking de la forêt environ une demi-heure plus tard. Telus a bien confirmé que deux appels ont été passés du portable de Mark Bauer autour de ces heures-là. Vu que les seules empreintes retrouvées à l'extérieur de la Honda sont les siennes, on peut aussi supposer que c'est lui qui a dégonflé le pneu du véhicule.

– Tu es la seule à avoir rencontré Mark Bauer… Tu penses qu'il est capable d'organiser un enlèvement de cette envergure ?

De nouveau, j'essaie de passer outre la frustration que je ressens pour répondre le plus honnêtement possible à la question de Keefe.

– En toute honnêteté ? Non. Je pense qu'il aime vraiment Rachel et qu'il est incapable de lui faire du mal. Au pire, je pense qu'il a pu essayer de la mettre sous pression un peu violemment pour qu'elle change d'avis, pour qu'elle revienne sur sa décision de rompre avec lui. Mais rien de plus. À mon avis, il est parti en douce cet après-midi parce qu'il savait qu'on allait retrouver de la drogue dans son appartement et qu'il a eu peur qu'on l'arrête pour cela. Mais je peux me tromper sur toute la ligne. Tout cela n'est basé que sur un entretien qui a duré une demi-heure, au plus. Et je me suis manifestement déjà pas mal trompée à son sujet...

Je sens de nouveau un léger flottement dans la salle et j'enchaîne le plus vite possible.

– Pour résumer, je pense que Brad Stokes est notre suspect principal et j'aimerais que l'on concentre maintenant l'essentiel de nos efforts sur lui.

Je regarde ma montre – 18:03 – et je conclus la réunion d'une voix la plus autoritaire possible, pour bien faire comprendre à mon équipe que le sujet n'est pas ouvert à discussion.

– Je vais aller interroger Brad Stokes, puis retourner, seule, au Lighthouse Park pour essayer de retrouver l'endroit exact où Rachel a été enlevée. De votre côté, j'aimerais que vous continuiez à travailler sur les autres pistes qu'on a pour l'instant. OK ?

Ils acquiescent tous les trois et j'attrape la pile de documents que Keefe a rassemblés sur nos trois suspects. En espérant que ce qu'il vient de découvrir sur Brad Stokes m'aidera à le faire parler.

15.

Brad Stokes m'attend dans un des fauteuils en cuir de la salle de réunion, et à travers la porte vitrée de la pièce, je peux le voir tapoter nerveusement sa cuisse droite avec le pouce et l'index. Comme s'il rythmait en silence un air de musique. Ou qu'il avait un surplus d'énergie à évacuer à tout prix.

J'ouvre la porte et je m'assois près de lui en laissant volontairement une chaise vide entre nous.

– Monsieur Stokes, merci d'avoir accepté de venir ici pour répondre à quelques questions.

– C'est avec plaisir. Vous avez du nouveau ?

– Non. Pas pour l'instant.

Je pose une petite pile de dossiers sur la table à côté de moi – un geste qu'il suit attentivement du regard – et je place mon dictaphone à mi-distance entre lui et moi.

– Vous n'avez pas d'objection à ce que j'enregistre cette conversation ?

– Non. Aucune. Allez-y.

Il pose les coudes sur la table, croise les doigts devant lui et attend que je commence en me regardant droit dans les yeux.

Et avec des gestes beaucoup plus lents que d'habitude, je mets en marche le dictaphone et je me redresse pour bien lui faire face.

— Monsieur Stokes, depuis ce matin, nous avons découvert plusieurs éléments supplémentaires en ce qui concerne la disparition de Rachel Cross, dont certains vous concernent directement.

— *Me* concernent ?

— Oui. En tant que témoin et dernière personne à avoir vu Rachel, vous faites partie intégrante de notre enquête.

— Vous pensez que j'ai quelque chose à voir avec sa disparition ?

Je ne lui réponds pas et je continue.

— Monsieur Stokes, j'aimerais que nous éclaircissions quelques points ensemble si vous le voulez bien.

— Comme ?

— Votre relation avec Maria Jones.

— Maria ? Mon ex-femme ? Vous savez au moins qu'on a divorcé il y a plus de huit ans et qu'elle habite depuis à Montréal ? Qu'on ne s'est pas vus depuis des années ?

— Oui. Mais votre mariage fait maintenant partie des éléments essentiels de notre enquête.

— Mon mariage ? ?

Il s'enfonce dans son fauteuil et me regarde en souriant. Goguenard.

– Vous pensez que mon mariage peut vous aider dans votre enquête ? Vraiment ?

– Oui.

– OK… Allez-y ! Qu'est-ce que vous voulez savoir ?

– Mes collègues ont eu cet après-midi des conversations plutôt intéressantes avec vos anciens voisins et les officiers de police qui patrouillaient le quartier dans lequel vous habitiez à l'époque. Selon tous les témoignages que nous avons recueillis, il semblerait que vos relations de couple n'étaient pas des plus faciles…

– Qu'est-ce que vous voulez dire par là ?

– Que pendant vos huit ans de mariage, les disputes entre vous et votre épouse étaient légendaires dans votre quartier. Elles dégénéraient régulièrement et vous avez reçu plusieurs avertissements du VPD pour actes de violences domestiques.

Il lève les mains devant lui et les laisse retomber mollement sur ses cuisses. Comme pour s'excuser. D'un oubli. D'une broutille.

– OK… Je suis le premier à l'admettre, notre mariage était loin d'être parfait. Mais vous savez ce que c'est…

Ma réponse est sans la moindre équivoque.

– Non.

Il me regarde, surpris, et continue à me parler comme si lui et moi étions de vieux amis. Comme si frapper la personne avec qui l'on vit n'était rien de plus qu'un fâcheux malentendu.

– Écoutez, nous sommes tous les deux adultes… Vous avez quoi ? 30 ? 35 ans ? Ne me dites pas que vous n'avez jamais été dans une relation où les choses ont un tout petit peu dégénéré…

Je ne me donne même pas la peine de lui répondre.

– Mariée ?

Ses yeux se posent sur ma main gauche. Sur mon annulaire sans alliance.

– Divorcée ?

Je continue à garder le silence. Lui continue sur sa lancée, manifestement aussi incapable de contrôler son débit de paroles que ses pulsions d'homme violent.

– Parfois, il s'agissait de petits riens… D'une remarque mal placée, d'un petit commentaire sarcastique… Ce sont des choses qui arrivent, même aux meilleurs couples…

– Et c'est tout ce que vous trouvez à dire pour justifier d'avoir tabassé votre femme pendant toutes ces années ?

– Non, bien sûr que non.

Il fait une petite pause et enchaîne avec la voix d'un homme qui se décide enfin à confesser un crime, dans le vague espoir de se faire racheter. Mais sans grande conviction.

– Écoutez agent Kovacs… Je ne suis pas fier de ce que j'ai fait, et si j'avais été Maria, je n'aurais sûrement pas attendu huit ans pour divorcer. Mais ce que vous ne comprenez pas, c'est que j'aimais réellement ma femme. Que je n'ai jamais voulu consciemment lui faire du mal.

J'essaie de garder mon calme.

– Son dossier médical indique que pendant la période où elle était mariée avec vous, elle a été traitée pour…

J'attrape l'un des documents posés devant moi et je commence à lire les informations qu'il contient. D'une voix la plus détachée possible.

– Fracture du poignet gauche… Côtes cassées… Rupture des ligaments du genou droit… Points de suture sur le visage… Refracture du poignet gauche trois ans après la première… Enfoncement des métacarpes de la main gauche…

Il me regarde droit dans les yeux. Le visage totalement impassible.

– Maria adorait le sport. C'était une femme très active. Qu'est-ce que vous voulez que je vous dise…

Je résiste à l'envie violente de lui montrer ce que cela fait de recevoir un coup au lieu de le donner.

À la place, je referme lentement le dossier médical de son ex-femme, et je continue d'une voix glaciale.

– Enfoncement des métacarpes de la main gauche… Vous savez au moins comment on obtient généralement ce genre de blessure ?

Il s'avance légèrement vers moi comme pour mieux pouvoir entendre ma réponse. Défiant.

– Non. Mais j'imagine que vous allez me le dire.

– En essayant de se défendre pendant une attaque. Ce sont des blessures classiques d'autoprotection. Les victimes d'agressions essaient généralement de se protéger le visage en levant le bras pour parer d'éventuels coups avec le revers de la main… Maria était gauchère, n'est ce pas ?

– Oui.

Au ton de sa voix, je sais que je viens de marquer un point. Brad Stokes déteste manifestement perdre le contrôle d'une situation. Encore plus pour le laisser à une femme.

Et même si j'ai l'habitude de ce genre d'affaires, il y a toujours une question à laquelle j'ai du mal à trouver une réponse. Et à défaut de pouvoir la poser à Maria, je la pose à son agresseur.

– Pourquoi votre épouse n'a-t-elle jamais porté plainte contre vous pendant toutes ces années ?

Il sourit. Sûr de son coup.

– Elle n'avait aucune raison de le faire. Vous continuez à penser qu'une vie de couple peut vraiment être idyllique n'est-ce pas, agent Kovacs ? Ce qui montre bien que vous avez dû passer beaucoup plus de temps dans ces bureaux ou sur le terrain qu'à développer une vraie vie personnelle… Si vous en avez même jamais eu une…

Il fait une petite pause pour me laisser le temps de réagir. Je ne lui donne pas ce plaisir.

– J'ai épousé Maria parce que je l'aimais. Et vous savez quoi ? Je l'aime toujours. Si cela n'avait tenu qu'à moi, nous serions encore mariés aujourd'hui. C'est elle qui a voulu divorcer. Pas moi.

– Quelle surprise…

Mon ton sarcastique a immédiatement l'effet souhaité.

Il se raidit et je peux facilement imaginer ses poings maintenant serrés sous la table, prêts à passer à l'action. Et je décide de jouer la carte de la provocation jusqu'au bout. De le pousser encore plus dans ses retranchements.

– Qu'est-ce que cela fait, monsieur Stokes, d'entendre les os de la femme avec qui l'on vit exploser sous la force d'un coup que l'on a soi-même donné ?

Son corps est maintenant tellement tendu que je peux voir les nerfs de son visage palpiter.

– Vous savez autant que moi que vous n'avez aucune preuve pour étayer de telles accusations. Mon casier judiciaire est vierge. Je n'ai jamais été arrêté ou inculpé pour coups et blessures sur mon ex-femme, ou sur qui que ce soit d'autre. Donc, si vous n'avez pas d'autres questions à me poser, j'aimerais maintenant mettre fin à cette « conversation ». Parce que, manifestement, vous n'avez absolument rien pour me retenir ici contre mon gré.

Il me regarde avec un petit sourire satisfait et j'attends quelques secondes avant de lui asséner le coup de grâce.

– Faux. Votre ex-femme vient de porter plainte.

– Quoi ? !

Il pose les deux mains à plat sur la table et se redresse brusquement.

– Monsieur Stokes, veuillez vous rasseoir immédiatement ou je serais obligée de vous menotter.

Il obtempère et j'essaie vite de reprendre le contrôle de la situation.

– Vous bluffez. Maria n'oserait jamais faire une chose pareille.

Je fais glisser vers lui la déclaration de son ex-femme que la police de Montréal vient de nous faxer. Et en reconnaissant la signature en bas de la page, il devient livide.

– Qu'est-ce que vous lui avez dit ?

– Que vous étiez l'un des suspects dans la disparition d'une jeune fille. Qu'il n'y avait pas de prescription pour les actes de violence que vous lui avez fait subir pendant toutes ces années… Que son témoignage et la sévérité des blessures que vous lui avez infligées seraient largement suffisants pour convaincre un jury de vous envoyer derrière les barreaux pendant plusieurs années…

Il murmure une insulte qui peut autant s'appliquer à moi qu'à son ex-femme et me regarde avec une haine palpable dans les yeux.

– Et maintenant, monsieur Stokes, que nous savons tous les deux de quoi vous êtes *vraiment* capable, j'aimerais que vous me disiez ce qui s'est réellement passé hier soir dans la forêt du Lighthouse Park.

Il se recule à fond dans son siège en faisant crisser le cuir sous le poids de son corps et me répond, le dos bien calé contre le dossier, une expression presque joyeuse sur le visage.

– Rien, agent Kovacs. Il ne s'est réellement rien passé hier soir dans la forêt du Lighthouse Park. Je vous ai déjà expliqué ce que j'avais vu et ce que j'avais fait. Et je n'ai absolument rien à ajouter à ma déclaration de ce matin.

– Monsieur Stokes. Les actes de violence que vous avez fait subir à votre épouse et le fait que vous soyez l'une des dernières personnes à avoir vu Rachel Cross et à lui avoir parlé avant qu'elle ne disparaisse font de vous l'un des principaux suspects dans cette enquête.

– J'ai vu et j'ai parlé à Rachel parce que je faisais mon travail. C'est mon job d'assurer la sécurité des personnes qui visitent les forêts de West Vancouver. Et autant que je sache, il n'y a rien de criminel à cela.

– Vous saviez que son père était sénateur ?

– Le père de Rachel ? Non.

– Et qu'il était multimillionnaire ?

– Encore moins.

– Rachel ne vous a jamais parlé de sa famille ou des gens qu'elle fréquentait ?

– Non. Je vous l'ai déjà dit. Quand je la voyais, on échangeait des platitudes sur le temps qu'il faisait ou sur ses études. Je savais qu'elle écrivait une thèse, qu'elle était étudiante à l'université de British Columbia. Et c'est à peu près tout.

– Vous la croisiez souvent ?

– Non, pas vraiment. Je dirais environ une ou deux fois par mois. Généralement le vendredi soir.

– Et moi ? Vous m'avez déjà vue sur le parking ou dans la forêt du Lighthouse Park ?

– Vous ? Vous voulez parler de ce matin ?

– Non. Avant ce matin.

Il réfléchit quelques instants avant de me répondre.

– Non. Jamais. Ou j'aurais remarqué votre voiture. Les Volvo S60 comme la vôtre ne courent pas les rues.

Je sais qu'il a volontairement mentionné ma voiture pour souligner que, contrairement à Rachel, ce n'est pas moi qui lui aurais tapé dans l'œil.

– Vous pensez donc ne m'avoir jamais vue sur le parking ou dans la forêt du Lighthouse Park avant ce matin ?

– Non.

– Pourtant, j'habite juste à côté. J'ai passé des soirées entières à arpenter cet endroit dans tous les sens. J'y suis allée des centaines de fois. Et vous ne m'avez jamais vue ? Vous n'avez jamais remarqué ma Volvo S60 garée sur le parking ?

– Non. Contrairement à Rachel, vous devez y aller avant ou après ma tournée du soir.

– Ou, c'est peut-être vous qui faites exprès d'arranger vos tournées pour être là quand Rachel arrive ou sort de la forêt.

Il reste de marbre et je profite du petit battement qui suit pour ouvrir un autre dossier.

– Monsieur Stokes, nous avons demandé un mandat pour fouiller votre domicile ainsi que votre véhicule. Si jamais il y a la moindre preuve physique qui vous lie directement à la disparition de Rachel Cross, je peux vous assurer que nous la retrouverons.

À ma grande surprise, Brad Stokes éclate de rire et se penche lentement vers moi pour me répondre en murmurant, les lèvres placées juste au-dessus du micro du dictaphone.

– Et moi, je peux vous assurer que vous ne trouverez rien.

Il a l'air complètement sûr de lui et il me faut quelques instants pour comprendre qu'il a probablement raison. Qu'on ne trouvera aucune preuve physique chez lui ou dans sa jeep, et que cet entretien est peut-être la seule chance que j'aurai pour en savoir plus.

Du coup, je décide de jouer le tout pour le tout.

– Monsieur Stokes, avez-vous enlevé Rachel Cross ?

Il sourit.

– Bien sûr que non.

– L'avez-vous fait dans l'espoir d'obtenir une rançon ?

– Une rançon ? C'est cela même… Pour moi, Rachel était une étudiante fauchée qui conduisait une Honda Civic pourrie et qui sortait avec un paumé de première ! Deux candidats parfaits pour une demande de rançon…

– Vous connaissiez donc son petit ami.

Son expression se fige et je le vois lutter pour essayer de garder le contrôle de la situation.

– Oui… Je les ai vus deux ou trois fois ensemble.

– Vous venez pourtant de me dire que vous ne saviez rien sur la famille de Rachel et sur les gens qu'elle fréquentait.

– Ce qui est toujours vrai. Je ne sais absolument rien sur lui. Je l'ai juste vu en passant.

Je regarde ma montre et je décide de lui donner une dernière chance. En connaissant déjà sa réponse.

– Monsieur Stokes… Avez-vous quoi que ce soit à ajouter à ce que vous venez de me dire ?

– Non.

Je tends le bras pour éteindre mon dictaphone et en relevant la tête, je regarde une dernière fois le visage de Brad Stokes dans l'espoir d'y glaner une toute dernière information. Sans le moindre succès.

16.

J'arrive au Lighthouse Park alors que la nuit se prépare lentement à tomber, dans une lumière légèrement teintée de rose et une forte odeur de feuilles en décomposition qui colle au fond de la gorge.

Je traverse le parking désert, au ralenti, en écoutant les pneus de la Volvo crisser sur les graviers et je me gare à l'endroit exact où la voiture de Rachel à été retrouvée ce matin.

Sans les rubans jaunes de police et les véhicules de patrouille du VPD, l'endroit semble avoir retrouvé sa normalité. À l'exception des appels à témoin épinglés sur les arbres qui longent le parking.

Une série de feuilles sur lesquelles le visage de Rachel est clairement visible. Souriant… Comme secoué par de petits frissons sous la brise du soir…

Je sors de la voiture, j'ouvre le coffre et j'enfile mon gilet pare-balles.

J'aligne méthodiquement les lanières en Velcro et j'appuie fort dessus pour les serrer contre ma cage thoracique, en grimaçant de douleur quand la pression écrase l'énorme hématome que Kazynski m'a laissé en souvenir.

Puis je sangle mon holster autour de mes épaules, je passe une veste polaire par-dessus le tout, et je pose les deux mains à plat sur le toit du véhicule en fermant les yeux…

Pour m'attaquer au moment le plus difficile de mes enquêtes : me mettre dans la peau d'une victime ou d'un suspect pour imaginer ce qu'il, ou elle, ressentait à un moment bien précis et essayer de trouver de nouveaux indices.

Comme dans ce cas précis, dans la peau de Rachel Cross.

Je commence par caler ma respiration sur mon rythme cardiaque et par m'imaginer au téléphone, plongée dans une de ces conversations où plus personne ne s'écoute. Où la colère et la frustration ont oblitéré tout autre sentiment. Où des gens qui s'aiment sont capables de se dire les pires choses…

Je pioche à contrecœur dans ma banque de données personnelle de situations similaires et, immédiatement, un moment précis me revient en mémoire. Déboulant dans mon esprit avec une force qui me prend totalement par surprise. Je sens une boule d'angoisse se former dans ma gorge et je lutte de toutes mes forces pour chasser cette image de mon esprit. Brutale. Puissante. Un de ces souvenirs que j'ai mis tant d'années à enfouir dans un des recoins de mon cerveau mais qui semble être toujours là, blotti en embuscade, prêt à ressortir à la moindre opportunité.

Je me reconcentre en essayant de garder intact le mélange complexe de sentiments que je viens de ressentir, mais en les détachant du souvenir auquel ils étaient attachés.

Je me focalise de nouveau sur Rachel.

24 ans.

Étudiante.

En train de se disputer au téléphone avec son petit ami.

Et soudain ce que je ressens est tellement fort que je n'ai plus qu'une envie : m'éloigner du parking en courant pour essayer d'évacuer l'énergie négative qui coule maintenant à flots dans mes veines.

J'ouvre de nouveau les yeux et j'imagine découvrir à ce moment précis le 4 x 4 du ranger arrêté à quelques mètres de moi. Le visage de Brad Stokes me demander si tout va bien. Son regard me dévisager des pieds à la tête… Et lui répondre est la dernière chose que j'ai envie de faire. Je veux être seule. Dans un endroit où je pourrais pleurer sans être vue, me concentrer sur la masse confuse de choses que je ressens et décider de la meilleure marche à suivre.

Je m'imagine répondre au ranger que tout va bien, en luttant pour retenir les larmes qui montent dans ma gorge. Les mots de Mark résonnant encore dans mon cerveau comme une alarme de voiture qui refuse de s'éteindre. Je veux que les yeux de l'homme dévisagent quelqu'un d'autre que moi et je peux physiquement sentir cette envie d'être ailleurs. Au milieu de nulle part. Oblitérant toute autre pensée rationnelle.

Je me redresse, et mon regard se pose de suite sur le sentier étroit qui part juste à côté de la voiture. C'est la voie de sortie la plus proche pour se débarrasser du ranger et de ses regards insistants, mais c'est bizarrement le dernier endroit où je veux aller. Le sentier est trop sombre, trop étroit. Et un gyrophare s'est allumé dans mon cerveau : « Trop dangereux. »

Je veux être dans un endroit où je peux faire le point. En sécurité.

Je regarde autour de moi et je commence instinctivement à remonter la pente du parking qui mène à l'entrée principale de la forêt. Un boulevard, comparé au sentier près de la voiture.

J'arrive au panneau et à la barrière en bois qui marquent l'entrée de la forêt, et je réalise avec soulagement qu'aucun véhicule ne peut passer par là. Ce qui inclut bien sûr le 4 x 4 de Brad Stokes.

Si le ranger avait voulu me suivre, il lui aurait fallu se garer et continuer à pied. Deux choses qui auraient déclenché un autre signal de danger, et je serais probablement retournée à la voiture.

À ce stade, je suis sûre à 90 % que c'est le chemin qu'a emprunté Rachel, et je m'engage sur l'artère principale. Le Beacon Lane Trail. Un large sentier qui descend vers le phare en coupant à travers la forêt.

Je marche pendant dix-quinze minutes et j'arrive devant la seule zone « habitée » du Park : une série de bâtiments en bois – avec aire de pique-nique et cabine téléphonique – regroupés près du phare. Un endroit qui peut rester désert pendant des heures en hiver, mais qui représente néanmoins un îlot de civilisation dans l'immensité de la forêt.

À ce niveau, la plupart des touristes photographient le phare dressé sur son piton rocheux et passent quelques minutes sur place pour se rafraîchir et se reposer un peu avant de remonter la côte vers le parking. Les habitués, eux, savent qu'il existe une bonne dizaine de sentiers qui partent de là pour sillonner la forêt dans tous les sens, dissimulés à l'abri des regards dans l'épaisse végétation. Une sorte de secret bien gardé, réservé aux initiés.

Je m'arrête en plein milieu de ce carrefour invisible à l'œil nu, et je ferme les yeux.

Si j'étais Rachel, qu'est-ce que je ferais ?

Grâce aux centaines d'heures que j'ai passées dans cette forêt, je peux vite faire défiler dans mon esprit les différentes options possibles. Les zones accessibles d'ici et les sentiers qu'il faut utiliser pour y aller. Le nombre de personnes qu'on risque de croiser sur le chemin et les éléments de danger associés à chaque itinéraire : rochers glissants, falaises, terrain accidenté, etc.

Et je choisis le East Beach Trail, un sentier qui descend à pic vers l'océan, dont peu de visiteurs connaissent l'existence. Je ne sais pas encore pourquoi, mais cette décision est tellement immédiate que je décide de faire une fois de plus confiance à mon instinct.

Je m'engage dans l'épaisse végétation et après seulement quelques pas, j'ai soudain l'impression d'être épiée. Ou suivie. Une sensation incroyablement puissante qui me déstabilise complètement.

Je sais à quel point la forêt peut vous jouer des tours et comment un simple écureuil peut vous faire sursauter en traversant brusquement votre champ de vision, mais cette sensation-là est différente. Lourde. Diffuse.

Je dégrafe nerveusement la languette de sécurité de mon holster et j'essaie de continuer mon chemin en restant sur mes gardes.

Une tâche que je sais futile.

Parce que même sans l'entraînement de Fred Kazynski, n'importe quelle personne pourrait facilement se cacher derrière les épais buissons qui m'entourent. Encore plus facilement dans cette lumière de crépuscule. Entre chien et loup.

J'arrive enfin au niveau où le East Beach Trail sort de la forêt pour rejoindre la zone de rochers qui longe le littoral, et je réalise soudain pourquoi j'ai choisi ce sentier au détriment de tant d'autres.

Parce que le décor qui s'étend maintenant devant moi est d'une beauté à vous couper le souffle.

Littéralement parlant.

Je m'arrête net et je sens ma poitrine se gonfler comme pour se préparer à avaler une énorme bouffée d'air… Et je sais que ce n'est pas seulement une réaction physique. C'est aussi une réaction mentale. Parce que j'ai soudain l'impression d'être un insecte minuscule. Un être insignifiant dans un univers dont l'échelle est démesurément grande.

Je m'avance et je me plante à l'extrémité de l'avancée rocheuse pour avoir la meilleure vue possible. Une vue tellement panoramique qu'il me faut pivoter sur place pour arriver à en faire le tour.

Sur ma gauche, la ville de Vancouver se résume à une ligne de lumières posée sur la ligne d'horizon. À peine visible derrière la masse sombre de Stanley Park et la silhouette du Lions Gate Bridge. Comme une arrière-pensée posée dans le paysage. Un détail qui n'a que très peu d'importance dans l'ordre naturel des choses.

Sur ma droite, le phare se dresse sur son piton rocheux. Pas encore allumé. Un bâtiment un peu vieillot qui ressemble à une énorme lampe à pétrole qu'un géant de passage aurait abandonné là, par hasard.

Et tout le reste est océan. Une masse sombre qui m'entoure sur plus de 300 degrés. Insondable. Impressionnante. Encore plus sauvage que la forêt derrière moi.

Je me demande si Rachel a elle aussi réagi à la beauté un peu effrayante de cet endroit. Si c'est sur cette avancée rocheuse qu'elle a choisi d'aller pour essayer de faire le point... Si c'est là qu'elle a été attaquée... Enlevée... Et je décide de l'étudier aussi attentivement que possible.

Je commence par balayer du regard la surface des rochers. Mais je ne vois rien. Pas de traces de sang sur la pierre. Pas d'objets laissés sur le sol par accident.

Puis je me penche légèrement en avant pour regarder les vagues s'écraser deux ou trois mètres en contrebas... Et un scénario se met soudain en branle dans mon esprit.

Je ferme les yeux et je peux sans problème m'imaginer de nouveau à la place de Rachel.

Assise sur ces rochers, un Walkman sur les oreilles... Les mouvements de l'océan réguliers à mes pieds... La musique oblitérant une bonne partie de mes sens... Sentir soudain une présence dans mon dos... Beaucoup trop tard pour avoir la moindre réaction.

J'imagine la silhouette d'un homme surgir de la forêt... Son corps se jeter sur le mien... Et je me sens perdre l'équilibre, tomber comme au ralenti dans les profondeurs de l'océan, hurlant de peur et de douleur en sentant mon corps s'écraser contre la surface.

Solide. Sombre. Glaciale.

Je m'imagine soudain totalement désorientée dans un univers terrifiant. Incapable de respirer. La pression écrasant ma poitrine. Le sel brûlant mes yeux. Les mains de mon agresseur continuant leur travail, me maintenant de force sous l'eau. M'empêchant de remonter à la surface.

J'ouvre les yeux et j'essaie vite de reprendre mes esprits, secouée par l'intensité de la vision. Mes réflexes de flic me forçant aussi vite que possible à corroborer ma théorie élément par élément.

L'absence d'indices dans la forêt.

Le fait que Rachel ait disparu «comme par magie».

Et soudain, j'ai une autre idée.

Je sors mon portable et je compose son numéro, en sentant malgré moi les battements de mon cœur s'accélérer.

Je sais que les officiers du VPD ont essayé toute la nuit de se connecter. Sans succès. Mais même s'il n'y a qu'une chance infime que le téléphone de Rachel soit encore en état de marche, je ne peux pas me permettre d'ignorer cette piste. Aussi minuscule soit-elle.

J'entends la première sonnerie retentir à travers le filtre de l'appareil, et je baisse le combiné. Comme si j'allais soudain entendre une sonnerie à peine audible percer d'un buisson, sortir d'une crevasse, arriver jusqu'à moi des profondeurs de la forêt...

Mais rien.

Je continue à attendre de façon complètement irrationnelle, à deux doigts de supplier un Dieu auquel je ne crois plus depuis bien longtemps, et je réalise soudain à quel point cette enquête est en train de m'affecter. Personnellement.

Je raccroche brusquement à contrecœur et je m'accroupis au bord de l'eau, les larmes aux yeux.

Et alors que je laisse mon regard glisser sur les rochers à mes pieds, je le vois soudain.

Le téléphone de Rachel.

Coincé entre deux rochers à quelques mètres de la surface de l'eau. La lumière bleu néon de son écran réagissant à mon appel en silence.

Je me relève et je compose immédiatement le numéro de Keefe. Maintenant convaincue que je viens de retrouver l'endroit où Rachel a disparu.

– Keefe, c'est Kate. Écoute bien.

Je ne lui donne même pas le temps de me répondre et j'enchaîne avec un débit de paroles encore plus rapide qu'à l'ordinaire, accéléré par l'adrénaline.

– Je sais où Rachel a été attaquée. À l'extrémité de l'avancée rocheuse du East Beach Trail. Je pense qu'elle a été jetée à l'eau. Volontairement ou par accident. J'ai aussi retrouvé son portable. Il est coincé dans une zone inaccessible de là où je suis. J'ai besoin que tu envoies une patrouille de gardes-côtes. J'avais déjà prévenu Stevenson et Fletcher qu'on aurait peut-être besoin d'eux ce soir. Ils devraient avoir deux plongeurs prêts à intervenir. Demande-leur de prendre Nick et Connie en passant et de me rejoindre le plus vite possible. Dis bien à tout le monde ce que je t'ai dit, et préviens Connie que les conditions sont loin d'être idéales. Le terrain est accidenté et il fera nuit d'ici à ce qu'elle arrive sur place. Quant à toi, j'ai besoin que tu restes au bureau et que tu continues à bosser sur nos trois suspects – et surtout sur Brad Stokes.

Je m'arrête pour vérifier que je n'ai rien oublié et la voix de Keefe me ramène soudain à ma situation.

– Tu es seule ?

Mon cerveau est assailli par tellement de pensées que j'ai du mal à comprendre sa question.

– Quoi ?

– Tu es toujours sur l'avancée rocheuse ?

– Oui.

– Seule ?

– Oui.

Il y a un petit blanc et je comprends soudain ce qu'il est en train de sous-entendre.

Je repense à la sensation d'être suivie que j'avais tout à l'heure… Et je sors lentement le 9 mm de son étui tout en continuant à parler à Keefe.

– On se rappelle plus tard ?

Il hésite.

– OK… Fais gaffe à toi.

– Pas de problème.

Je raccroche et je place le portable dans la poche de ma veste.

Puis je regarde autour de moi.

Certaine que quelque chose ne va pas.

Vraiment pas.

Et la sensation diffuse que j'avais tout à l'heure se transforme brusquement en une certitude absolue.

Il y a quelqu'un tapi derrière moi dans la forêt.

Qui me regarde fixement.

17.

Je pivote sur place et je braque en un éclair mon arme vers la forêt.

Vers la silhouette qui me regarde fixement.

Adossée contre un arbre à quelques mètres de moi.

Mark Bauer.

Un téléphone portable entre les mains.

– Mark ? Qu'est-ce que tu fais là ?

Il me regarde comme si mon 9 mm n'existait pas, comme si c'était un détail qui ne méritait même pas qu'on y prête attention.

Je m'avance vers lui, les yeux légèrement plissés pour bien me focaliser sur ma cible, et je réalise à son regard vide qu'il est probablement sous l'influence de narcotiques plus ou moins puissants. Perdu dans un univers dont je fais à peine partie.

– Mark ?

Il me répond en gardant les yeux fixés sur son portable.

– Elle ne décroche toujours pas… Cela fait des heures que j'essaie de l'appeler…

Son débit de paroles est difficile à suivre. Lent. Traînant. Comme si son cerveau avait du mal à placer les pauses nécessaires entre chaque mot pour former des phrases cohérentes, fluides… Mais malgré son air inoffensif, j'hésite encore à complètement baisser ma garde.

– Mark, tu es armé ?

Il n'a pas l'air de comprendre ma question.

– Mark. J'ai besoin de savoir si tu es armé.

Sa réponse arrive enfin.

D'une voix lasse. À peine audible.

– Non.

– J'ai besoin d'en être sûre…

– Vous pouvez me fouiller, si vous le voulez.

J'hésite. Partagée entre l'envie d'essayer de gagner sa confiance et celle de laisser une distance de sécurité minimum entre lui et moi.

– Non. C'est bon.

Je baisse mon arme et il me pose immédiatement la même question que Sylvia Cross. La seule question à laquelle les proches d'une personne disparue cherchent désespérément à avoir une réponse.

– Vous avez retrouvé Rachel ?

– Non.

– Vous savez ce qu'il lui est arrivé ?

Je réalise qu'il ne sait toujours pas qu'elle a été enlevée et je décide de changer de sujet pour ne pas avoir à lui mentir et garder cette carte en main jusqu'au dernier moment.

– Mark. Qu'est-ce que tu fais ici ?

– Je la cherchais. J'espérais qu'elle soit encore dans la forêt, qu'elle réponde enfin au téléphone…

– Des patrouilles de recherche ont passé la forêt au peigne fin pendant des heures et des heures. On pense que Rachel n'est plus ici.

– Vous en êtes sûre ?

– Autant que possible.

Il a l'air totalement atterré par ma réponse.

– Mark. Qu'est-ce que tu fais ici ? Je veux dire, exactement… À cet endroit précis ?

– Je vous ai vue sur le parking… Alors je vous ai suivie…

– Mark… Est-ce que tu as quoi que ce soit à voir avec la disparition de Rachel ? Est-ce que c'est toi qui l'as attaquée hier soir ?

Il sort brusquement de sa torpeur.

– Non !! Bien sûr que non !

Sa réponse est violente et je relève instinctivement le Beretta dans sa direction.

Et c'est à ce moment précis que le phare du Lighthouse Park se décide soudain à se mettre en marche. Comme si la situation n'était pas déjà assez tendue. En ajoutant à la scène la lumière blanche de son faisceau.

– Je n'aurais jamais pu faire un truc pareil ! J'aime trop Rachel pour ça ! Je suis incapable de lui faire du mal. En tout cas pas volontairement... Pas physiquement...

Sa voix se brise à nouveau et avant même que j'aie le temps de lui poser une nouvelle question, il enchaîne avec l'urgence de quelqu'un qui a besoin d'avouer un crime au premier venu, pour ne plus le sentir peser sur sa conscience.

– Je n'ai rien à voir avec la disparition de Rachel, mais c'est à cause de moi qu'elle a disparu... Tout ça est de ma faute... Entièrement de ma faute...

Je réalise brusquement que j'ai peut-être tort sur toute la ligne. Que Brad Stokes n'est peut-être qu'un témoin beaucoup plus macho et arrogant que la moyenne, et que Mark est la personne responsable de la disparition de Rachel.

– Qu'est-ce que tu veux dire par là ?

Il reste silencieux.

– Mark, dis-moi ce qui s'est passé.

Il me répond enfin, des larmes plein les yeux.

– J'étais sur le parking du Lighthouse Park hier soir. C'est moi qui ai dégonflé le pneu de la Honda.

J'essaie de rester le plus neutre possible.

– Pourquoi ?

– Je voulais montrer à Rachel qu'elle avait besoin de moi. La forcer à m'appeler pour que je vienne l'aider... C'était une idée vraiment stupide... Je sais...

Il se racle la gorge avant de continuer.

– Mon plan, c'était de dégonfler le pneu et d'attendre son coup de téléphone dans un café près d'ici. Mais je n'ai pas pu. Quand j'ai vu ce que je venais de faire, quand j'ai vu le pneu à plat, j'ai réalisé que je ne pouvais pas la laisser toute seule dans un endroit pareil. Que la nuit allait bientôt tomber… Alors je lui ai laissé un mot. J'ai écrit une petite note et je l'ai glissée sous l'un des essuie-glaces de sa voiture.

– Qu'est-ce que tu as écrit ?

Il hésite et je comprends qu'il s'agissait bien plus qu'un simple message de quelques mots.

– Je lui ai dit que j'étais désolé. Que je m'excusais. Que j'avais une chance pas possible d'avoir une petite amie comme elle et que je ne voulais pas la perdre. Je lui ai dit que j'allais essayer de changer, d'arrêter toutes ces histoires de drogue et recommencer à zéro. Que j'étais prêt à tout faire pour qu'on puisse rester ensemble… Mais c'est là qu'il est arrivé.

– Qui ?

– Le mec qui la regardait bizarrement quand elle allait faire du jogging. Le ranger des Parks & Forests… Il m'a demandé ce que je faisais là et j'ai bredouillé que je voulais juste laisser un mot à ma copine pour qu'elle sache où me retrouver. J'ai eu peur qu'il m'ait vu dégonfler le pneu et qu'il m'arrête. Je ne sais pas s'il en avait le pouvoir. C'est difficile de savoir. Il avait l'air d'avoir un uniforme sans vraiment en avoir un, si vous voyez ce que je veux dire… Sans compter sa jeep avec tous les logos officiels… Alors, je suis vite parti. Je suis allé comme prévu dans le café près de l'abribus et j'ai retéléphoné à Rachel pour lui dire où j'étais, pour qu'elle me retrouve là-bas et qu'on puisse discuter… Rentrer ensemble au centre-ville…

– Et ?

– Et c'est probablement la pire conversation que j'aie jamais eue avec qui que ce soit… Elle était furax. Elle m'a à peine laissé parler. Elle m'a dit qu'elle se demandait bien ce qu'elle faisait avec un type comme moi… Qu'elle ne voulait plus jamais me revoir, plus jamais entendre le son de ma voix. Et c'est là que les choses ont franchement dérapé…

Il s'arrête et baisse les yeux.

– Tu lui as dit des choses que tu regrettes ?

– Vous pouvez dire ça…

– Comme ?

– Des choses qu'on ne devrait jamais dire à la personne qu'on aime… Que c'était une petite bourgeoise, une fille à papa… Des choses qui n'étaient même pas vraies…

Je ne peux m'empêcher d'essayer de le réconforter.

– Mark, ces choses-là arrivent…

– Sauf que Rachel est peut-être morte et que je n'aurai peut-être plus jamais l'opportunité de m'excuser… De lui dire que je l'aime…

– Mark, rien n'indique que Rachel soit morte. Il y a de grandes chances qu'elle ait été enlevée et qu'elle soit toujours en vie.

– Vous le pensez vraiment ?

La vulnérabilité qu'il y a dans son regard me prend par surprise et je réalise que le Mark que j'ai en face de moi est probablement celui dont Rachel est tombée amoureuse. Un jeune homme sensible et intelligent. Aux antipodes de l'image de dur à cuire qu'il essaie désespérément de se donner.

– Oui. Mais chaque information que nous pouvons obtenir, chaque détail sur les heures qui ont précédé et suivi sa disparition sont maintenant cruciaux. S'il s'est passé quoi que ce soit d'autre, il faut que tu me le dises.

– Non. Quand j'ai raccroché, j'étais complètement écœuré. J'ai soudain compris que c'était probablement fini pour de bon entre nous. Alors j'ai repris le bus et je suis rentré chez moi. Je n'ai même pas essayé de la rappeler sur le chemin. Je l'ai laissée toute seule dans une forêt, en pleine nuit. Avec un pneu à plat. Et j'ai passé le reste de la soirée à boire et à fumer de la dope pour tout oublier…

Il sèche les larmes qui coulent maintenant sur son visage avec le revers de la main, et je lui donne quelques secondes pour se calmer avant de continuer.

– Mark, tu es sûr d'avoir laissé une note sur le pare-brise de Rachel ?

– Oui. Pourquoi ?

– Parce qu'on ne l'a pas retrouvée. Tes empreintes digitales étaient bien sur l'un des essuie-glaces, mais pas la note.

Il réalise soudain ce que ma dernière phrase implique.

– Vous voulez dire qu'elle n'a jamais trouvé mon mot ?

– Non. Ce que je veux dire c'est que ton mot n'était pas sur le pare-brise quand on a retrouvé sa voiture. Que quelqu'un l'a enlevé. Rachel. Un passant… Peut-être même la personne qui l'a agressée…

– C'est donc possible qu'elle ne l'ait jamais lu ?

– Oui.

Il s'avance brusquement dans ma direction et je repose instinctivement les deux mains sur la crosse de mon pistolet.

– Mark. Calme-toi.

– C'est pas vrai !

Il se retourne et décoche un violent coup de pied dans le tronc d'arbre contre lequel il était adossé.

– J'aurais jamais dû la laisser toute seule ! J'aurais dû rester sur place !

– Mark. Arrête. Tu ne peux plus rien y faire…

Je sens mes propres barrières vaciller devant sa détresse. Et alors que je commence à sérieusement m'inquiéter de l'instabilité de son état, j'entends soudain le bourdonnement d'un hors-bord s'approcher de nous à grande vitesse…

Et mon talkie-walkie grésiller dans mon sac à dos.

18.

– Ne bouge pas.

Je place le Beretta dans ma main droite et je sors le talkie-walkie de la poche latérale de mon sac à dos. Puis j'appuie sur la touche TALK, tout en gardant les yeux fixés sur Mark.

– Agent Kovacs.

Je relâche la touche et la voix de David Fletcher me répond, légèrement déformée par la mauvaise qualité de la connexion.

– Kate, c'est Fletcher. Tout va bien ?

Si la situation n'avait pas été aussi dramatique, je crois que j'aurais probablement éclaté de rire. Un 9 mm dans une main, un talkie-walkie dans l'autre, debout au milieu de nulle part, avec un suspect complètement instable à surveiller toute seule et cette maudite lumière de phare qui me fait cligner des yeux toutes les six secondes.

À la place, je lui réponds le plus sobrement possible.

– Oui. Mais j'ai définitivement besoin de renforts.

– Pas de problème. On va s'amarrer au ponton du phare. Tu peux nous signaler visuellement ta position exacte ?

– Affirmatif. Donne-moi deux minutes.

Je glisse le talkie-walkie dans la poche de ma veste et je pose mon sac à dos sur le sol pour pouvoir sortir, toujours d'une seule main, la torche électrique qui s'y trouve. Je l'allume et je la pose à mes pieds, braquée vers l'océan. Puis je sors de nouveau le talkie-walkie en attendant la voix de Fletcher crépiter dans le silence.

– Bien reçu Kate. On t'a en visuel.

J'enfonce la touche TALK.

– Tu as Nick et Connie, à bord ?

– Affirmatif. Et les deux plongeurs que tu as demandés.

– Excellent. Tu peux me passer Nick une minute ?

– Sans problème.

J'attends quelques secondes et la voix de Fletcher est remplacée par celle de Nick.

– Kate ?

Je regarde Mark avant de continuer, pour m'assurer qu'il n'est toujours pas en état de pleinement comprendre ce qui se passe autour de lui.

– Nick. Je suis avec Mark Bauer.

Il y a un long silence, et malgré le rideau de grésillements qui nous sépare, j'espère que Nick aura compris mon avertissement : rester le plus neutre possible, parce que Mark Bauer peut entendre tout ce que l'on va se dire.

C'est donc avec soulagement que j'entends Nick enchaîner en jouant le jeu.

– Il va bien ?

– Oui. Secoué et un peu confus, mais c'est apparemment tout.

– Tu l'as en visuel ?

– Oui.

– Et nous ?

– Non.

Je sais que Nick est en train d'essayer de se représenter mentalement la scène. En deux questions apparemment anodines, il sait maintenant que j'ai le dos tourné à l'océan, et que Mark est placé entre la forêt et moi.

Des informations qui lui permettront de nous approcher le plus stratégiquement possible en débarquant du bateau.

– OK, Kate… On se retrouve sur place dans quelques minutes ?

– Affirmatif.

– À plus.

Les grésillements du talkie-walkie s'arrêtent et je remarque du coin de l'œil le hors-bord s'approcher du phare. Sa coque frappant la surface de l'océan avec de grandes claques qui résonnent dans la nuit. Le projecteur fixé sur la proue scannant méthodiquement l'obscurité de la baie.

J'entends l'embarcation décélérer au maximum et sa coque frapper la surface de l'eau deux ou trois fois de suite avant de se mettre au point mort, comme pour ponctuer son arrivée de petits points de suspension.

Et le bateau se glisse enfin en silence le long du ponton du phare. Moteur coupé.

Je me reconcentre à 100 % sur Mark, mon arme discrètement baissée le long de ma jambe.

– Mark ?

Il relève la tête.

– Mes collègues vont arriver d'un instant à l'autre. Ils sont armés et j'ai maintenant besoin que tu t'écartes un peu du tronc d'arbre et que tu mettes les mains derrière la tête…

Il me regarde. Inquiet.

– Mark. Tu nous as fait faux bond cet après-midi et personne ne souhaite que cela se reproduise. Si tu veux nous aider à retrouver Rachel, fais exactement ce que je te dis, OK ?

Il hoche la tête et pose lentement ses mains sur la nuque.

– Excellent…

Je vois Nick arriver sur ma gauche et je lui fais signe de s'avancer vers nous le plus lentement possible.

– Mark, mon collègue vient d'arriver. Il va avoir besoin de t'attacher les mains dans le dos. Pour ta sécurité autant que pour la nôtre. Tu comprends ?

À ce stade, je crois qu'il hocherait la tête pour répondre oui à n'importe quoi.

– Maintenant, retourne-toi et pose tes deux mains en bas du dos…

Il fait exactement ce que je lui dis et Nick lui attache les poignets avec une de ces lanières en plastique qui nous servent de plus en plus de menottes.

– OK… Maintenant, mon collègue va t'aider à t'asseoir contre un tronc d'arbre et rester avec toi pendant que je continue à chercher des indices sur Rachel… Toujours OK ?

– Oui.

Il s'assoit par terre et ferme les yeux. Et une fois rassurée que Nick a bien les choses en main, je les laisse tous les deux en lisière de forêt, pour aller rejoindre Connie et les gardes-côtes sur l'avancée rocheuse.

Quand j'arrive au bord de l'eau, la scène qui m'attend semble sortir tout droit d'un film de science-fiction. Posés à même le sol, deux énormes projecteurs diffusent une lumière au xénon qui efface sans pitié le moindre relief qu'elle trouve sur son passage. Une lumière blanche qui accentue le vert du lichen, les traits tirés de Connie accroupie sur les rochers et les formes découpées des quelques buissons d'épineux qui ont trouvé de quoi survivre dans un univers aussi hostile.

Je remarque que le Zodiac des gardes-côtes n'est plus qu'à une vingtaine de mètres sur ma droite, et je m'avance vers Connie.

– Tu as trouvé quelque chose ?

Elle se redresse pour bien me faire face. Une lampe à UV éteinte à la main.

– Non. Aucune trace de sang sur les rochers. Mais j'aimerais jeter un coup d'œil au pied de l'avancée rocheuse : il risque d'y avoir plus d'indices au bord de l'eau. Sans compter que Stevenson a bien confirmé ce que Keefe nous a dit ce matin. Il y a effectivement plusieurs petites grottes dans le secteur, creusées par l'érosion il y a tellement longtemps qu'elles sont maintenant hors de portée des marées. Et difficiles à voir d'ici…

Connie se penche pour me montrer du doigt une zone à nos pieds.

– Apparemment, il y en a une juste en dessous de notre position…

– OK…

Je m'apprête à lui donner le feu vert et à descendre avec elle, quand la voix de Fletcher se remet à crépiter dans mon talkie-walkie.

– Kate ? Tu m'entends ?

Je fais signe à Connie de commencer sans moi et j'enfonce la touche TALK.

– Oui. Cinq sur cinq.

– Je vais mettre les deux plongeurs à l'eau. Tu peux leur indiquer où se trouve le portable que tu as vu ?

– Pas de problème. Tu peux aussi leur demander de fouiller la zone qu'il y a autour ? Juste au cas où ?

– Déjà fait.

– Merci.

Je regarde les deux plongeurs se mettre à l'eau, et après quelques secondes, je vois le faisceau de leurs lampes s'avancer vers moi, révélant dans leurs triangles de lumière une eau trouble qui me met immédiatement mal à l'aise.

Avec des mouvements fluides et prudents, l'un des plongeurs s'approche au maximum de la côte et sort la tête de l'eau. J'attrape ma torche électrique, toujours allumée sur les rochers, et je m'accroupis pour la pointer sur le portable de Rachel.

Le plongeur fait un O avec le pouce et l'index pour me remercier et attend quelques instants avant de s'agripper au pied de l'avancée rocheuse. Puis il profite d'un petit battement entre deux vagues pour attraper le portable et le placer le plus délicatement possible dans une poche étanche avant de se remettre à l'eau.

Je laisse mon regard glisser vers l'autre plongeur et je sens soudain une vague de nausée monter en moi à l'idée de ce qui pourrait apparaître dans le faisceau de sa lampe.

Le corps sans vie de Rachel flottant entre deux eaux. Son visage nacré… Ses lèvres bleu cobalt…

Je me relève, incapable de regarder la scène ne serait-ce qu'une seconde de plus, et j'attrape mon talkie-walkie à pleines mains.

– Fletcher ? L'un de tes plongeurs a le portable. Tu peux le garder sur le bateau jusqu'à ce qu'on ait fini ?

– Sûr.

Je vois la silhouette de Connie s'approcher de moi, et à l'expression qu'il y a sur son visage, je sais déjà qu'elle vient de trouver quelque chose.

– Écoute, David… Il y a encore plusieurs trucs que j'aimerais vérifier avec mon équipe. Tu peux continuer sans moi ?

– Sans problème. Je te rappelle s'il y a du nouveau. À plus.

J'enfonce le talkie-walkie dans la poche de ma veste et je sens soudain l'intensité des dernières heures m'affecter de façon brutale. Physique.

Je ferme les yeux pour vite essayer de reprendre le contrôle avant que Connie ne remarque quoi que ce soit. Mais dans le noir, tout semble devenir encore plus insupportable.

La vague de nausée de tout à l'heure qui est toujours là.

Le poids de mon gilet pare-balles trempé de sueur qui me colle à la poitrine, me tire sur les épaules.

Les informations qui se bousculent dans mon cerveau et que j'ai de plus en plus de mal à rationaliser.

Et cette peur physique que Connie soit sur le point de m'annoncer que c'est un corps, et non pas un indice, qu'elle vient de retrouver.

J'ouvre de nouveau les yeux et je découvre Connie plantée devant moi. Inquiète.

– Ça va ?

– Oui. Juste crevée.

Elle me regarde fixement, pas vraiment convaincue, mais n'ose toutefois pas insister.

Et à la place, elle enchaîne :

– J'ai trouvé quelque chose.

Je m'accroupis devant l'entrée de la grotte que Connie vient de découvrir, et en voyant ce qui se trouve à l'intérieur, je me mets à respirer le plus lentement possible : comme si mon souffle pouvait à lui seul détruire les indices figés dans le faisceau du projecteur posé à mes pieds...

L'empreinte d'un corps humain recroquevillé sur le sable humide.

Les genoux relevés. Le menton collé contre la poitrine. Les traces de corde au niveau des chevilles et des poignets indiquant clairement qu'il s'agit d'une personne qui a été ligotée.

– Comme tu peux le voir, il n'y a pas la moindre trace de pas...

Malgré l'assurance qu'elle a essayé de mettre dans sa voix, je sais que Connie est bien plus affectée par sa découverte qu'elle ne le souhaiterait.

– Tu penses qu'elles ont été effacées volontairement ou que la marée est montée assez haut pour les effacer ?

– Les deux. Je pense que tu as raison, que Rachel a été attaquée sur l'avancée rocheuse et que son agresseur est tombé dans l'eau avec elle. Volontairement ou par accident. Après, je dirais qu'il a dû la maîtriser assez facilement. Probablement en la maintenant sous l'eau assez longtemps pour lui faire perdre connaissance. Puis il a dû la tirer jusqu'ici à la nage, à marée haute, quand l'eau arrive à la limite de la grotte. Ensuite, je pense qu'il a drogué et ligoté Rachel – pas forcément dans cet ordre – et qu'il l'a laissée ici pendant plusieurs heures. À l'abri des regards.

Elle fait une petite pause avant de continuer. L'émotion clairement audible dans sa voix.

– Tu vois les lignes un peu floues sur le contour de l'empreinte ?

Je hoche la tête.

– Elles montrent que Rachel a essayé de se débattre. Mais faiblement. Sans grande énergie. Ce qui implique que la drogue a dû mettre un certain temps avant de faire complètement effet… Que Rachel a dû rester consciente pendant plusieurs minutes après l'attaque initiale.

Sa dernière phrase me fait imaginer Rachel, ligotée dans cette grotte sombre. Seule. Terrifiée. Luttant contre les effets d'une drogue bien plus forte qu'elle… Un détail qui me fait frissonner des pieds à la tête.

Je plaque machinalement le col de ma veste contre mon cou. Et je vois Connie étendre soudain son bras droit, lentement, complètement concentrée vers l'un des galets posés près de l'empreinte.

Elle le soulève d'une main experte et dans la zone de sable fraîchement exposée, je vois soudain apparaître un bracelet de prière bouddhiste en perles orange. Identique au mien. Identique à celui que portait Rachel.

Connie le regarde sans le toucher.

– Elle a dû arriver à le faire glisser et à le cacher là… Même avec les mains attachées dans le dos… Dans l'espoir que quelqu'un le retrouve…

Elle semble soudain réaliser quelque chose et enchaîne :

– Tu as vérifié l'heure des marées pour hier soir ?

– Oui. Sur la route. Marée basse à 19:10 et marée haute à 01:15.

– Tu sais bien sûr ce que cela veut dire ?

– Que la personne qui a attaqué Rachel connaissait parfaitement bien l'heure des marées et le niveau précis auquel l'eau allait monter à cet endroit.

– Exactement.

Elle trace une ligne imaginaire avec le doigt pour me montrer jusqu'où l'eau monte à marée haute, et se positionne juste derrière.

– À marée basse, comme en ce moment, je laisse des traces de pas et des indices partout. À marée haute, par contre, le corps de Rachel est au sec, mais j'ai les pieds dans l'eau. Pas de traces de pas. Pas d'indices. Je peux attraper Rachel et la porter sur mes épaules sans même avoir besoin de traîner son corps dans le sable, d'où l'absence de ce type de traces. Ensuite, il me suffit de tirer ma victime à la nage vers un Zodiac, ou toute autre embarcation à fond plat qui peut s'approcher au maximum de la côte. Et j'ai commis le crime parfait…

– Ce qui veut dire que Rachel peut maintenant être absolument n'importe où…

Sans perdre une seconde, je sors mon portable et je compose le numéro de Keefe.

– Keefe ? Connie vient de trouver l'empreinte d'un corps humain sur le sable. On pense qu'il s'agit de celui de Rachel et qu'elle a été enlevée par quelqu'un qui connaissait parfaitement bien le Lighthouse Park, y compris l'heure et le niveau exacts des marées… Je veux que tu arrêtes tout ce que tu es en train de faire et que tu te concentres sur une seule chose : voir si l'un de nos suspects a pu avoir accès à un bateau hier soir.

– J'ai déjà vérifié.

– Et ?

– Rien. Aucun des trois n'en possède. Aucun des trois n'appartient à un club de voile, kayak, sorties en mer, etc.

– Est-ce qu'en tant que ranger, Brad Stokes aurait pu avoir accès à la moindre embarcation de service ? Genre Zodiac ?

– Non. Mais ce type d'embarcation ne laisse pas de trace. Pas d'amarrage nécessaire dans un port de plaisance. Faciles à acheter d'occasion, sans papiers officiels.

Je réalise que nous ne sommes qu'à une dizaine de minutes d'Eagle Harbour, le plus grand port de plaisance de West Vancouver.

– Tu as vérifié les registres d'Eagle Harbour ?

– Oui. Rien.

Il y a un petit blanc et je l'entends taper frénétiquement sur son clavier.

– Keefe ?

– Donne-moi deux secondes, Kate. Attends… J'ai une idée…

Dans la poche de ma veste, j'entends soudain la voix de Fletcher se mettre à crépiter.

– Kate ? Tu m'entends ? On vient de retrouver un Walkman-CD Sony dans l'eau…

J'attrape vite le talkie-walkie et je le tends à Connie en lui faisant signe de répondre à Fletcher, afin que je puisse rester en ligne avec Keefe.

Puis, je ferme instinctivement les yeux en entendant de nouveau sa voix. Hyper rapide. Triomphante.

– Kate ? T'es toujours là ?

– Oui.

– J'ai trouvé… Il y a un bateau amarré au Eagle Harbour depuis quatre mois. Le *Sea Pacifica*. Enregistré au nom de Maria Jones. L'emplacement a été payé cash.

L'enfoiré a utilisé le nom de jeune fille de son ex-femme pour faire immatriculer son bateau…

– Excellent… Mets officiellement Brad Stokes en garde à vue. Je te tiens au courant dès qu'on a du nouveau. Bon boulot Keefe. Merci.

Je raccroche et je remonte vers l'avancée rocheuse pour organiser ce qui sera, je l'espère, la libération de Rachel Cross. En décidant de laisser Connie, Stevenson et les deux plongeurs sur place, pour me rendre le plus vite possible avec Nick et Fletcher au Eagle Harbour.

19.

Le hors-bord se glisse enfin dans le chenal d'entrée du Eagle Harbour. Moteur au ralenti. Projecteur éteint.

Je fais signe à Nick et à Fletcher de s'assurer que leurs portables et leurs talkies-walkies sont bien éteints, et je m'avance sur le pont pour m'imprégner de la scène qui nous entoure.

Encastré entre deux falaises de pierre, le Eagle Harbour est un endroit plutôt glauque. À des années-lumière des ports de plaisance de cartes postales tels qu'on se les imagine.

Les centaines de bateaux qui y sont amarrés sont tellement serrés les uns contre les autres qu'ils passent leur temps à grincer sous les différentes pressions auxquelles ils sont soumis. Les pneus accrochés sur leurs flancs frottant contre le bois des pontons, le nylon des cordes d'amarrage, le caoutchouc d'autres pneus accrochés sur les flancs d'autres coques... Une véritable cacophonie à laquelle s'ajoutent les petits bruits plus ou moins agaçants que lâchent les gréements. Oscillant au rythme des marées. Aussi nus sans leurs voiles que des troncs d'arbres calcinés.

Je sens la main de Fletcher se poser sur mon épaule et je vois son index me montrer une section du port un peu à l'écart des autres. Juste en bas d'une des deux falaises. Une zone dans laquelle sont amarrés des bateaux qui n'ont pas l'air de servir beaucoup. Couverts de bâches ternies par l'humidité et le temps qui passe.

Sauf l'un d'entre eux.

Flambant neuf.

Amarré tout en bout de jetée.

Un bateau de taille moyenne, entre hors-bord un peu tape-à-l'œil et bateau de pêche en haute mer. Avec quartiers d'habitation sous le pont et cabine au pare-brise caréné.

Le nom *Sea Pacifica* clairement visible sur sa coque.

Je me retourne vers Nick en sentant le hors-bord se mettre au point mort pour se glisser le long du *Sea Pacifica* et j'organise avec lui notre assaut final. Sans échanger le moindre mot. En enchaînant une série de gestes codés qui nous ont servi plus d'une fois dans des situations similaires.

Je vérifie machinalement que les languettes en Velcro de mon gilet pare-balles sont bien attachées…

J'attrape mon Beretta et je le cale bien entre mes doigts, avec une nervosité inhabituelle que j'attribue à ce qui s'est passé cet après-midi…

Et quand les deux coques se touchent enfin, je monte sur le pont du *Sea Pacifica*.

Je vois Nick ouvrir la porte d'un violent coup de pied et descendre les marches de la cabine deux par deux en hurlant à pleins poumons.

– POLICE !! Ne bougez pas !!

Je m'engouffre derrière lui en allumant au passage l'interrupteur de la pièce.

Et dans la lumière blafarde d'une ampoule de bas voltage pendue au plafond, le corps de Rachel apparaît soudain devant nous.

Immobile.

Allongé sur la banquette en skaï de la cabine comme celui d'un mort dans un cercueil.

Je hurle à Nick de me couvrir et je me précipite au chevet de Rachel en remarquant l'aiguille de perfusion plantée dans le dos de sa main gauche et le bleu cobalt de ses lèvres.

Terrifiée à l'idée de ne pas trouver de pouls. D'être arrivée ne serait-ce que quelques minutes trop tard.

Je pose le pouce et l'index sur son cou et je sens sa veine jugulaire battre. Faiblement. Lentement.

Je retire le plus délicatement possible l'aiguille de sa perfusion…

Je soulève ses paupières pour vérifier l'état de ses pupilles… Fixes et dilatées.

Je pose une main sur son front et je grimace au contact de sa peau glacée.

J'enlève ma veste polaire et je la pose sur sa poitrine.

Puis j'attrape mon talkie-walkie et j'appelle l'ambulance et les renforts du VPD postés à l'entrée du port.

– Agent Kovacs. Vous avez le feu vert. Je répète, vous avez le feu vert. Nous avons localisé la victime : Rachel Cross, 24 ans. Inconsciente. Retrouvée sous perfusion. Apparemment sous l'effet de narcotiques. Aucune blessure visible. Pouls faible et irrégulier. État d'hypothermie avancée…

Je me lève et je regarde la vitesse d'écoulement du sac de perfusion, en notant au passage que le nom du produit qu'il contenait a été méticuleusement effacé.

– … Vitesse d'écoulement de la perfusion réglée au minimum… Contenu du sac inconnu…

Je me remets à genoux près de Rachel et je commence à lui parler d'une voix douce mais ferme.

– Rachel… Mon nom est Kate Kovacs… Je suis agent du FBI… Vous n'avez plus rien à craindre… Une ambulance va arriver d'un instant à l'autre…

Et comme pour valider la véracité de mes propos, le pont se met soudain à résonner de bruits de pas et de paroles prononcées à la va-vite juste au-dessus de nous.

« Elle est dans la cabine… – Il y a un officier de police avec elle. – Vous voulez qu'on l'évacue comment ? »

Je continue à parler à Rachel en évitant de poser mon regard sur ses chevilles et ses poignets encore attachés avec de la grosse corde en nylon.

– Tout est fini… Nous allons vous amener à l'hôpital… Vous n'avez plus rien à craindre…

Et je vois enfin deux médecins d'urgence apparaître dans la cabine. Leurs mallettes de soins à la main.

Je m'écarte pour leur laisser la place en complétant les informations que je leur ai déjà communiquées.

– Il est possible qu'elle ait été droguée depuis près de vingt-quatre heures… J'ai déconnecté la perfusion à laquelle elle était rattachée il y a trois ou quatre minutes… Aucune réaction visible depuis qu'on l'a retrouvée…

Je regarde les deux hommes se mettre au travail et je réalise soudain que la vie de Rachel est maintenant entre leurs mains.

Avec un mélange d'angoisse et de soulagement.

20.

ST. PAUL'S HOSPITAL
1081 BURRARD STREET
07:40

Dans la lumière tamisée de sa chambre, le visage de Rachel Cross a l'air presque paisible. À des années-lumière de celui de la jeune femme que l'on a retrouvée hier soir au Eagle Harbour.

Sa peau est encore pâle. Ses lèvres sont d'un rose à peine visible. Mais elle n'a plus l'air de quelqu'un aux portes de la mort.

Rachel Cross est tout simplement endormie, et la perfusion plantée dans le dos de sa main gauche est là pour réhydrater son corps et contrecarrer les effets de la drogue que Brad Stokes lui a administrée.

Pour avoir longuement discuté avec les médecins qui l'ont examinée, je sais déjà qu'elle n'aura aucune séquelle physique de son enlèvement, mais j'attends toujours avec autant d'impatience qu'elle reprenne connaissance. Qu'elle ouvre un œil, qu'elle prononce ne serait-ce qu'une parole… Juste pour être complètement rassurée.

Je change de position dans le fauteuil que j'ai placé dans un angle de la pièce, le plus loin possible de Rachel et de ses parents pour leur laisser un maximum d'intimité, et je regarde la scène qui se déroule devant moi.

Toujours aussi touchante.

Assis au chevet de leur fille, George et Sylvia Cross montent la garde depuis des heures et des heures avec une tendresse dont je ne les croyais honnêtement pas capables. Leurs silhouettes légèrement voûtées aussi protectrices que leurs gestes : un doigt qui caresse son front, des mots doux murmurés à son oreille, des regards qui ne trompent pas…

Je reste un long moment à les regarder, immobile, et alors qu'un rayon de soleil arrive soudain à se glisser à travers les lattes du store et à déposer de petites taches de lumière géométriques sur son visage, Rachel ouvre enfin les yeux.

Lentement.

Prudemment…

Elle soulève tout d'abord les paupières de quelques millimètres avant de les refermer presque aussitôt… Serre les yeux le plus fort possible comme pour se donner du courage… Puis les ouvre brusquement de nouveau. En grand.

Et elle se met à balayer la pièce du regard avec la curiosité désordonnée d'un papillon qui butine un champ de fleurs. En posant son regard furtivement sur tout et n'importe quoi.

Le fil du téléphone enroulé sur lui-même…

Le bouquet de roses posé sur sa table de chevet…

Le sparadrap collé sur le dos de sa main…

Je la vois essayer de dire quelque chose, sans succès, et son père est là immédiatement pour lui poser un verre d'eau sur les lèvres. Qu'elle boit lentement. Avec difficulté.

Puis elle semble remarquer pour la première fois les silhouettes de ses parents assis à son chevet et elle se met à sourire. Comme si son cerveau venait tout d'un coup d'identifier les personnes qui l'entouraient.

Je souris à mon tour et je me lève le plus discrètement possible pour les laisser tous les trois en famille.

J'attrape ma veste posée sur le dossier du fauteuil, et avant que j'aie le temps de sortir de la pièce, je vois George Cross me faire signe de l'attendre dehors.

Je m'adosse contre le mur du couloir, maintenant totalement rassurée et je ferme les yeux pour essayer de faire le bilan des dernières heures.

Immédiatement, les images de ce que Rachel a dû vivre se mettent à flasher dans mon esprit. Je l'imagine assise sur l'avancée rocheuse du East Beach Trail. Attaquée par Brad Stokes. Droguée et ligotée dans la grotte. Laissée là inconsciente pendant plusieurs heures.

Transportée en bateau jusqu'à Eagle Harbour. Maintenue dans un état de semi-coma.

Et mon cerveau complète malgré moi l'histoire telle que Brad Stokes l'avait probablement imaginée. Rachel, incapable de repousser les avances du ranger. Violée, humiliée. Son corps jeté en pleine mer quelques jours plus tard. Les dernières traces de son existence disparaissant à tout jamais au fin fond de l'océan.

– Agent Kovacs ?

J'ouvre de nouveau les yeux et je me redresse en voyant George Cross s'avancer vers moi.

Sombre.

Solennel.

Son attitude complètement différente de celle d'hier soir.

– Merci d'être restée…

– De rien.

Il se plante devant moi et hésite un peu avant d'enchaîner.

– Vous avez relâché Mark ?

– Oui. Sous condition qu'il se présente au Commissariat central, une fois par semaine, pendant plusieurs mois, pour un test de dépistage antidrogue.

– Il n'avait rien à voir avec l'enlèvement de ma fille ?

– Non.

Comme Fred Kazynski, qui n'en reste pas moins inculpé de coups et blessures suite à la violence de sa réaction dans le refuge.

– Vous pensez que lui et Rachel vont rester ensemble malgré tout ça ?

– Je n'en ai pas la moindre idée… Il attend, comme Ally, que vous l'appeliez quand Rachel aura repris connaissance.

– Je vais demander à ma femme de le faire.

Il y a visiblement des ponts qui sont plus difficiles que d'autres à établir.

– Et l'homme qui a enlevé Rachel ?

– Il a été officiellement inculpé d'enlèvement avec extorsion de fonds et coups et blessures volontaires. Même si Rachel s'avérait être incapable de l'identifier, nous avons assez de preuves matérielles contre lui.

George Cross baisse les yeux et son regard se remplit soudain d'émotions que j'ai du mal à identifier.

– Je voulais aussi m'excuser pour hier soir…

– Ce n'est vraiment pas nécessaire, monsieur Cross… Vous et votre femme n'étiez pas dans votre état normal. Je comprends parfaitement ce qui vous a poussé à agir ainsi.

– Je ne voulais pas parler de la demande de rançon.

– Je sais.

Il hésite un peu avant d'enchaîner. Manifestement peu habitué à ce genre de situation.

– Je vous ai dit des choses que je regrette… Sincèrement. Sans vos efforts et ceux de votre équipe, Rachel ne serait pas en vie aujourd'hui. Et ce qu'il lui est arrivé est autant de ma faute que de celle de l'homme qui l'a enlevée...

Je m'en veux de suite de m'être laissé embarquer dans une conversation pareille.

– Ne dites pas ça, monsieur Cross. Vous savez très bien que ce n'est pas vrai.

En le disant, je peux entendre l'absence de conviction dans ma voix. Mais le sénateur ne semble pas le remarquer.

– C'est ma position et mon métier qui ont fait de Rachel la cible idéale pour une demande de rançon. Si j'avais été prof ou vendeur d'assurance, rien de cela ne serait arrivé. C'est moi qui l'ai mise en danger... C'est moi qui suis directement responsable de ce qu'il lui est arrivé...

Je fais de mon mieux pour ignorer la masse confuse de sentiments que je sens monter en moi et lui répondre de façon cohérente. Détachée. Professionnelle.

– Monsieur Cross. La seule personne responsable de quoi que ce soit dans cette affaire est Brad Stokes. Personne d'autre. Vous pouvez passer le reste de votre vie à regretter vos actes, à imaginer différents scénarios dans lesquels il n'arrive rien à Rachel. Mais la vérité, c'est que vous ne pourrez *jamais* changer ce qui vient de se passer. La seule chose que vous pouvez faire maintenant, c'est d'essayer d'en tirer quelque chose de positif. D'essayer de nouer de meilleurs liens avec votre fille. D'apprendre à mieux la connaître... Parce que tout le monde n'a pas comme vous l'opportunité d'avoir une deuxième chance.

Il baisse les yeux, parfaitement conscient de ce que je viens de sous-entendre. Puis, il me dit tout simplement merci.

Je sors de l'hôpital et Davie Street m'accueille avec une bouffée d'air chargée d'odeurs qui m'assaillent de tous les côtés.

Une odeur de soleil. Une odeur d'océan. Une odeur de petits pains croustillants aux graines de sésame à peine sortis du four.

Et, dominant toutes les autres, une odeur de café qui semble planer sur tout le quartier.

Merveilleuse. Intense.

Une odeur qui rend heureux.

Physiquement.

En vous mettant l'eau à la bouche. En vous donnant envie de vous mettre à la terrasse d'un café pour regarder les premiers rayons du soleil s'avancer lentement vers votre tasse. Comme un chat qui s'approche prudemment d'une pelote de laine. En prenant son temps. Joueur...

Je descends la rue, les yeux fixés sur English Bay qui s'étend devant moi. Parfaitement lisse. Parfaitement bleue. Et je m'arrête pour acheter un cappuccino à emporter en passant devant le Starbucks de Cardero Street.

Puis, je traverse les deux voies qui me séparent de la plage et je m'assois sur le sable contre l'un des longs troncs d'arbres alignés le long du front de mer.

La tasse en carton tenue à deux mains.

La nuque posée contre le bois humide.

Et pendant les quelques minutes qui suivent, je ne pense à rien.

Je voudrais remercier ma famille et mes amis pour leur amour, leurs encouragements et tout ce qu'ils représentent pour moi.

En France : mes parents ; mon frère, son amie et leur fille, Chloé.

En Irlande du Nord : Kathy et ses trois filles, Danielle, Andrea et Cathy.

Quelque part sur la planète : Anne et Laura.

L'équipe éditoriale de Milan Poche pour son travail, son soutien et son enthousiasme – ainsi que toutes les personnes qui ont contribué à la réalisation et la diffusion de cette série.

Enfin, le groupe Radiohead et la ville de Vancouver pour être deux sources d'inspiration absolument inépuisables ! Sans eux, l'univers de CSU ne serait pas ce qu'il est.

carolineterree@yahoo.com

DANS LA MÊME SÉRIE

MILAN

Incendie criminel. Une évidence devant les restes calcinés de
l'église de la petite ville de Squamish, non loin de Vancouver.
Une piste s'impose : la secte du Phénix, installée dans les montagnes qui surplombent la ville.

Affaire délicate pour le CSU. Très vite, Kate Kovacs et son
équipe se retrouvent au cœur d'un terrible engrenage de haine,
de violence et de drames humains…

OD : mort d'un officier de police.

L'un des pires codes qui soient…

Pour Kate et son équipe, l'enquête se révèle peut-être plus délicate que les autres. D'autant que la fusillade a fait plusieurs victimes, dont un membre de la Triade du Dragon Rouge, la mafia locale.

Chinatown, règlements de comptes, racket… Un mélange explosif entre les mains du CSU.

«Mort blanche». Pour les amateurs de montagne, ce nom signifie désastre. Mais pour d'autres, il est synonyme d'adrénaline.

Suite à un accident d'hélicoptère, les membres du CSU sont amenés à enquêter sur les causes de ce drame... Un drame aux circonstances troubles, entre parois rocheuses et couloirs d'avalanche. Un drame où la vie ne pèse pas grand-chose, face à la mythique mort blanche...

Coast Plaza Hotel. Un homme d'affaires est retrouvé mort dans sa chambre. Ligoté. Bâillonné. Un étrange message codé déposé entre ses mains. C'est une signature, celle d'un tueur en série. Pour le CSU, le temps est désormais compté. Car dans les rues de Vancouver, le prédateur est déjà en train de traquer sa prochaine victime…

Nuit. Pluie. Sur une route isolée de West Vancouver, une collision entre deux véhicules se transforme en une affaire majeure pour le CSU. L'enquête lance Kate Kovacs et son équipe sur la piste de dangereux fanatiques. Mais elle menace aussi de lever le voile sur le passé de Kate, ce mystérieux passé qu'elle tient tant à garder secret.

DANS LA MÊME COLLECTION

MILAN

Manhattan macadam
d'Ariel et Joaquin Dorfman

Traduit de l'anglais (États-Unis)
par Nathalie M.-C. Laverroux

New York.

Une ville monstrueuse, sans état d'âme. Une ville qui avale les gens sans aucune pitié. Chacun vit dans son coin, vaque à ses petites affaires… Et quand les mauvaises nouvelles arrivent, plus personne n'est là pour tendre la main. Sauf Heller, ce garçon anonyme qu'on ne remarque pas, mais qui rappelle à chacun ce qu'il y a d'humain en lui.

Extrait :

« Le monde entier va fondre », se dit Heller.

C'était le 4 juillet, et tout Manhattan transpirait. La sueur suintait des rues, des immeubles, des robinets. Les couples se réveillaient dans des draps humides. Les ouvriers du bâtiment travaillaient torse nu, et les agents de change desserraient leurs cravates avec un soupir d'envie. Les touristes se plaignaient, les vendeurs de glaces souriaient, et le mercure menaçait de faire exploser le thermomètre.

Heller Highland voyait tout ça, et ce qu'il ne pouvait pas voir, il le savait, tout simplement.

XXL
de Julia Bell

Traduit de l'anglais
par Emmanuelle Pingault

Le poids a toujours été un sujet épineux pour Carmen. Rien de surprenant : sa propre mère lui répète comme une litanie qu'être mince, c'est être belle ; c'est réussir dans la vie ; c'est obtenir tout ce que l'on veut… Alors c'est simple : Carmen sera mince. Quel qu'en soit le prix.

Extrait :
— Si j'étais aussi grosse qu'elle, je me tuerais, dit Maman en montrant du doigt une photo de Marilyn Monroe dans son magazine.
Je suis dans la cuisine, en train de faire griller du pain. Maman n'achète que du pain danois à faible teneur en sel, le genre qui contient plus d'air que de farine. Son nouveau régime l'autorise à en manger deux tranches au petit déjeuner.
— Tu me préviendrais, hein ? Si j'étais grosse comme ça ?
Je me tourne vers elle, je vois ses os à travers ses vêtements. Je mens :
— Évidemment.

Pacte de sang
de Wendelin Van Draanen

Traduit de l'anglais (États-Unis)
par Nathalie M.-C. Laverroux

Joey ne devrait pas être inquiet. Il sait qu'un véritable ami ne trahit jamais un secret. Même un secret terrible, qui les ronge peu à peu...

Extrait :

J'ai l'impression que Joey et moi, nous passions notre temps à sceller des pactes. Un nombre incroyable, qui nous a conduits à cet ultime serment. Joey me disait toujours :

– Rusty, j'te jure, si tu en parles à quelqu'un...

– Je ne dirai rien ! Juré !

Il tendait le poing et nous exécutions toujours le même rituel, qui consistait à cogner nos phalanges les unes contre les autres. Puis, après nous être entaillé un doigt avec un canif, nous mélangions nos sangs, et Joey poussait un soupir.

– Rusty, tu es un véritable ami.

Et notre pacte était scellé.

Pour la vie.

La Face cachée de Luna
de Julie Anne Peters

Traduit de l'anglais (États-Unis)
par Alice Marchand

Le frère de Regan, Liam, ne supporte pas ce qu'il est. Tout comme la lune, sa véritable nature ne se révèle que la nuit, en cachette. Depuis des années, Liam « emprunte » les habits de Regan, sa sœur. Dans le secret de leurs chambres, Liam devient Luna. Le garçon devient fille. Un secret inavouable. Pour la sœur, pour le frère, et pour Luna elle-même.

Extrait :
En me retournant, j'ai marmonné :
– T'es vraiment pas normale.
– Je sais, a-t-elle murmuré à mon oreille. Mais tu m'aimes, pas vrai ?
Ses lèvres ont effleuré ma joue.
Je l'ai repoussée d'une tape.
Quand je l'ai entendue s'éloigner d'un pas lourd vers mon bureau – où elle avait déballé son coffret à maquillage dans toute sa splendeur –, un soupir de résignation s'est échappé de mes lèvres. Ouais, je l'aimais. Je ne pouvais pas m'en empêcher. Cette fille, c'était mon frère.

Entre chiens et loups
de Malorie Blackman

Traduit de l'anglais
par Amélie Sarn

Imaginez un monde. Un monde où tout est noir ou blanc. Où ce qui est noir est riche, puissant et dominant. Où ce qui est blanc est pauvre, opprimé et méprisé. Un monde où les communautés s'affrontent à coups de lois racistes et de bombes.

C'est un monde où Callum et Sephy n'ont pas le droit de s'aimer. Car elle est noire et fille de ministre. Et lui blanc et fils d'un rebelle clandestin...

Et s'ils changeaient ce monde ?

Extrait :

Callum m'a regardée. Je ne savais pas, avant cela, à quel point un regard pouvait être physique. Callum m'a caressé les joues, puis sa main a touché mes lèvres et mon nez et mon front. J'ai fermé les yeux et je l'ai senti effleurer mes paupières. Puis ses lèvres ont pris le relais et ont à leur tour exploré mon visage. Nous allions faire durer ce moment. Le faire durer une éternité. Callum avait raison : nous étions ici et maintenant. C'était tout ce qui comptait. Je me suis laissée aller, prête à suivre Callum partout où il voudrait m'emmener. Au paradis. Ou en enfer.

La Couleur de la haine
de Malorie Blackman

Traduit de l'anglais
par Amélie Sarn

Imaginez un monde. Un monde où tout est noir ou blanc. Où ce qui est noir est riche, puissant et dominant. Où ce qui est blanc est pauvre, opprimé et méprisé.

Noirs et Blancs ne se mélangent pas. Jamais. Pourtant, Callie Rose est née. Enfant de l'amour pour Sephy et Callum, ses parents. Enfant de la honte pour le monde entier. Chacun doit alors choisir son camp et sa couleur. Mais pour certains, cette couleur prend une teinte dangereuse... celle de la haine.

Extrait :

J'ai compris que je ne savais rien de la manière dont je devais m'occuper de toi, Callie. Tu n'étais plus une chose sans nom, sans réalité. Tu n'étais plus un idéal romantique ou une simple manière de punir mon père. Tu étais une vraie personne. Et tu avais besoin de moi pour survivre.
Callie Rose. Ma chair et mon sang. À moitié Callum, à moitié moi, et cent pour cent toi. Pas une poupée, pas un symbole, ni une idée, mais une vraie personne avec une vie toute neuve qui s'ouvrait à elle.
Et sous mon entière responsabilité.

Le Choix d'aimer
de Malorie Blackman

Traduit de l'anglais
par Amélie Sarn

Imaginez un monde. Un monde où tout est noir ou blanc. Où ce qui est noir est riche, puissant et dominant. Où ce qui est blanc est pauvre, opprimé et méprisé.

Dans ce monde, une enfant métisse est pourtant née, Callie Rose. Une vie entre le blanc et le noir. Entre l'amour et la haine. Entre des adultes prisonniers de leurs propres vies, de leurs propres destins.

Viendra alors son tour de faire un choix. Le choix d'aimer, malgré tous, malgré tout...

Extrait :

Voilà les choses de ma vie dont je suis sûre :

Je m'appelle Callie Rose. Je n'ai pas de nom de famille.

J'ai seize ans aujourd'hui. Ma mère s'appelle Perséphone Hadley, fille de Kamal Hadley. Kamal Hadley est le chef de l'opposition - et c'est un salaud intégral. Ma mère est une Prima - elle fait donc partie de la soi-disant élite dirigeante. Mon père s'appelait Callum MacGrégor. Mon père était un Nihil. Mon père était un violeur. Mon père était un terroriste. Mon père brûle en enfer.

L'Affaire Jennifer Jones
d'Anne Cassidy

Traduit de l'anglais
par Nathalie M.-C. Laverroux

Alice Tully. 17 ans, jolie, cheveux coupés très court.
Étudiante, serveuse dans un bistrot. Et Frankie, toujours
là pour elle.
Une vie sans histoire.
Mais une vie trop lisse, sans passé, sans famille, sans ami.
Comme si elle se cachait. Comme si un secret indicible
la traquait...

Extrait :
*Au moment du meurtre, tous les journaux en avaient parlé
pendant des mois. Des dizaines d'articles avaient analysé
l'affaire sous tous les angles. Les événements de ce jour
terrible à Berwick Waters. Le contexte. Les familles des
enfants. Les rapports scolaires. Les réactions des habitants.
Les lois concernant les enfants meurtriers. Alice Tully
n'avait rien lu à l'époque. Elle était trop jeune. Cependant,
depuis six mois, elle ne laissait passer aucun article, et la
question sous-jacente restait la même : comment une petite
fille de dix ans pouvait-elle tuer un autre enfant ?*

Trop parfait
pour être honnête
de Joaquin Dorfman

Traduit de l'anglais par
Nathalie M.-C. Laverroux

Sebastian est l'ami parfait ! Toujours prêt à donner un coup de main, toujours là pour soulager les angoisses existentielles, dénouer les situations inextricables. Alors le jour où Jeremy, son meilleur ami, lui demande de retrouver son père, Sebastian fonce. Il a un plan imparable : retrouver ce père et se faire passer pour Jeremy. Juste pour préparer le terrain. Sauf que, cette fois, Sebastian joue un peu trop bien son rôle.

Extrait :
Jeremy examina de nouveau la photo.
– Il a l'air un peu brut de décoffrage...
Il tapota le cliché du bout des doigts.
– Un sacré bonhomme. Est-ce que je serai capable de faire une impression quelconque sur un type comme lui ?
Je haussai les épaules.
– Je n'en sais rien. C'est pour ça que nous avons prévu de permuter nos noms. Pour en apprendre le plus possible en courant le moins de risques possible.

Achevé d'imprimer en France par France-Quercy, à Cahors
Dépôt légal : 4ᵉ trimestre 2007
N° d'impression : 71710a